YAWARA

RODRIGO LEÃO

RODRIGO LEÃO

YAWARA

O Pai supremo, Deus arquiteto, já havia plasmado esta morada do mundo tal como a vemos, templo augustíssimo da divindade, segundo as leis de sua arcana sabedoria. Decorara as regiões supracelestes com as inteligências espirituais; povoara as esferas etéreas com as almas eternas; preenchera as partes torpes e abjetas do mundo com uma multidão de animais de toda espécie. Mas, consumado o trabalho, o artífice quis que houvesse alguém capaz de apreciar o significado de tamanha obra, que soubesse amar sua beleza e admirar sua imensidão. Por isto, terminadas todas as coisas, como atestam Moisés e Timeu, ele pensou finalmente em criar o homem.

GIOVANNI PICO DELLA MIRANDOLA

1

É triste ter que dizer isso assim, tão diretamente e sem floreios, caro Bacharel, mas tudo leva a crer que os canibais vão devorar você assim que o dia raiar.

A sua coragem, força, virilidade e corpulência, que tanto lhe valeram na peleja de anteontem, são justamente o tempero que mais açula o apetite desses índios aí. E mesmo que seja esse o destino certo de qualquer um que se prolongue demais neste rincão desgraçado do mundo, neste desertão verde-escuro e esmeralda — terminar devorado —, penso que, infelizmente, caberá a você aplacar a fome desta tal Terra do Pau-Brasil quando a manhã desfigurar a madrugada.

Entenda, Bacharel, esses bugres aqui comem os inimigos mais corajosos e potentes, os mais agressivos e temidos, por acreditar que a coragem está fixada no meio da carne e não no espírito. Veja a loucura desses desalmados! Comer o corpo e o sangue do outro como se fosse algo sagrado.

E não só isso, Bacharel, o pior deles, o que chamam de Yawara, é quem vai matá-lo, pois foi ele quem o prendeu durante a escaramuça. É ele que vai carregar o seu nome junto ao dele depois do banquete e por todo o tanto que viver. O monstro pensa que ao fazê-lo de almoço vai também deglutir sua coragem, o medo que seu nome inspira, sua história e a do seu povo. Não que faça muita diferença para ele. Aquele ali já campeia fazendo guerra por toda parte com centenas de nomes e fantasmas bailando dentro das vísceras.

Yawara. Quer dizer: "Aquele que morde".

Para ser sincero com você, achava mesmo que esse famoso infiel nem existisse até sua tribo me aprisionar. Tinha por certo que os rumores que ouvia a respeito da sua existência eram conversa de gente vadia assoprando medo ao vento em volta das fogueiras da noite.

Só quando vi os cachorros foi que acreditei. Um índio com cachorros de guerra — um batalhão de asmodeuses rosnando e babando a serviço do trevoso. Animais de guerra, Bacharel. Cães de curso, como usavam os romanos em suas batalhas. Molossos. Quem poderia imaginar!

Nem os mais sábios astrólogos e matemáticos mouros, que tudo esquadrinham e calculam, poderiam determinar as probabilidades impensáveis desse índio gigante andando por aí a caçar gente com a ajuda de cachorros demoníacos, ocupado a fazer os trabalhos da morte nesta borda esquecida do mapa.

No entanto, ali está ele. Bem ali, ó. Vivo, real, ativo e preparando-se para devorá-lo, Bacharel.

Já estou há mais de um ano andando pelo mato com esses índios. Como um farnel de comida que um camponês carrega consigo aguardando a fome apertar — nem bem vivo nem bem morto. Fiz e faço de tudo para não lhes dar água na boca. Também, Bacharel, olhe para mim: um covarde, um falastrão, avermelhado e azedo como só são azedos os italianos, particularmente os montepulcianos como eu. Não há vantagem em almoçar o homem que só se apresenta com mentiras e artesanias.

Fui pego depois que subi a serra que eles chamam de Paranapiacaba e nós chamamos de Muralha.

Acompanhava na função de mercenário, que era o único trabalho possível naquele tempo, um grupo de contrabandistas portugueses que subiu a Muralha para comprar escravos aqui no Planalto dos Piratiningas buscando um preço mais convidativo do que o praticado no litoral. Eis que assim rodam as engrenagens do moderno mercantilismo, Bacharel. Estamos sempre maquinando maneiras de cortar os custos para ampliar os ganhos, não é mesmo? O moinho do mundo precisa de escravos para girar. Este é o fato. Fornecê-los com algum lucro a quem demanda não pode estar errado.

Teria sido um ótimo negócio se não tivesse sido o pior negócio da minha vida. Nem dez dias de caminhada tínhamos completado, após subir a serra, quando fomos atacados por esses índios. Apareceram em canoas por trás de uma dobra do rio grande que chamam de Tietê. Quando vi que a peleja estava perdida, disparei a correr pela floresta o mais rápido que os pés me levavam. Corri por um dia inteiro e noite adentro até que, alucinando de tanto medo e cansaço, tomei um tropico, meti a cabeça num tronco e desmaiei.

A floresta foi quem me pegou, Bacharel. E qual não foi minha surpresa quando acordei? Estava deitado no centro da aldeia de onde os guerreiros de Yawara tinham vindo. Veja você o picadeiro que a morte me preparou com seu esmero habitual. Aí não me restou outra opção. Tive que me entregar às musas da imaginação e deixar que a arte me salvasse.

Quando me dei conta da situação, larguei a fazer truques com os saquinhos de areia que carrego sempre comigo para praticar malabarismos. Dancei todo torto em cortesias incertas e desequilibradas. Declamei os poemas que tenho guardados de coração. Cantei. Plantei bananeira. Desenhei animais no chão do terreiro. Imitei mulheres e velhos. Gargalhei. Chorei. Até trovas eu cantei, Bacharel.

E não é que a arte me salvou? Mesmo que meu público não me enxergasse como um grande ator desempenhando uma comédia do grego Crátinos, mas apenas como um espírito louco da floresta, consegui arrancar risos e gargalhadas dos selvagens. Riam como se gente fossem! Eis o triunfo do teatro, da arte e da literatura sobre a vida vivida: a força da imaginação.

Apresentei ali aos pelados um espetáculo como nunca antes tinham visto. Intriguei, encantei, entretive. Pois não é este o serviço das artes? Distrair a morte com truques ensaiados, ardis bem costurados e mentiras curiosas? Pois tenho por mim que é. Tanto é que aqui estou, vivo, inteiro e ao seu lado nesta noite.

Além do mais, não ofereci qualquer resistência. Poderia ter morrido de qualquer modo, pois o gentio da terra é tão imprevisível quanto qualquer uma das outras bestas de olhos vazios que perambulam por aqui.

Mas a Providência assim organizou os acontecimentos: foram as crianças que me capturaram finalmente, interrompendo o espetáculo. Crianças e reis não são público fácil de cativar por longos períodos, portanto logo se aborreceram e resolveram me amarrar e me bater um pouco.

Ninguém respeita as crianças. E respeitam menos ainda o homem que se deixa prender por elas. Quem vai querer comer um homem assim e carregar essa vergonha por aí? Valho mais dançando e fazendo piruetas do que assando sobre o braseiro. Assim pretendo permanecer.

Nosso Senhor Jesus Cristo permitindo, nenhum deles vai querer se empanturrar com a minha covardia. Não senhor. Oxalá viverei para ver muitos amanhãs e encontrar uma oportunidade de fuga. Volto correndo para São Vicente, como agora se nomeia o Porto dos Escravos e, se Deus Todo-Poderoso assim quiser, de lá parto de volta para a civilização.

Aprendi minha lição sobre o que Pindorama oferece aos que aqui aportam — não há riqueza, beleza e nem aventura que valha ao indivíduo insistir neste horizonte onde todos os verdes chamuscam no vermelho-sangue da terra e acendem no anil prateado do céu: este paraíso dos olhos e dos sentidos que aqui se formou é a prisão mais ardilosa de toda a Criação.

Aqui só existem dois destinos. Ou se morre na chegada ou se passa a vida inventando artes para sobreviver apenas para morrer devorado pelos canibais no final. Ou um ou outro. Comigo não. Angelo, o Vermelho, não vai encerrar tão cedo suas aventuras.

Bacharel! Bacharel! Me perdoe. Que falta de educação a minha. Não tinha nem me apresentado apropriadamente. Muito prazer, Angelo, o Vermelho, ao seu dispor. Por que Vermelho? Por causa do cabelo, evidentemente. O que acho bom, pois sou um pouco vesgo e bem poderia ter sido chamado de Angelo, o Vesgo. Antes marcado pela distinção do que pelos defeitos, não é mesmo?

Pare com isso, por misericórdia. As caretas que você está fazendo. Não adianta, Bacharel, não entendo nem reconheço nada desses grunhidos que você está soltando. Não sei nem qual é sua língua natal. Talvez você não esteja entendendo nada do que eu estou lhe dizendo. Não há remédio. Imaginarei que me entende.

Sua mandíbula está quebrada, posso ver daqui. A língua, pendendo para fora, você não consegue recolher? Parece o caralho molenguento de um bêbado que amarrou mal as calças e deixou as vergonhas de fora. Pelo resultado deve ter sido golpe de tacape. Ta-ca-pe. É o nome que eles dão para aquela borduna pesada que desmontou o seu buraco da prosa. Parece com essa aí pendurada sobre sua cabeça. Mas essa aí é o ibirapema que, muito infelizmente, eles usam apenas nas execuções rituais.

Falo eu então por nós dois, se me permite, pois a agonia da situação torna alguns homens calados, mas eu, como você já deve ter suspeitado, infelizmente disparo a falar. Me perdoe. Temos uma longa noite pela frente, você e eu, Bacharel.

Além disso, peço que não se atormente com a alcunha que me vejo aqui forçado a lhe emprestar. Sem saber-lhe o nome verdadeiro estou a lhe chamar Bacharel. O epíteto lhe cai bem, mesmo que eu não acredite que você seja de fato um hermeneuta jurídico perdido a rondar os trópicos ou um astuto arguidor da lei dos homens a viver entre as plantas e os animais.

Até porque as leis d'El-Rei de Portugal, os hábitos sadios, a benemerência, a bondade, a compaixão, a justiça, a civilidade, a dignidade e tudo que forma uma pessoa decente e digna de pleitear um canto que seja no Reino dos Céus, tudo isso se afoga no oceano Atlântico muito antes de conseguir aportar nessa pocilga.

Posso ver pelas cicatrizes que carrega nos antebraços e pela ponta do nariz e pela orelha esquerda, que lhe estão faltando, que você é um homem que caminhou na companhia da violência. Um homem sério. Disposto a arrancar seu quinhão deste mundo nefasto.

Mas o que é isso, Bacharel? Pare de revirar as pestanas e tentar me responder com os olhos. Olhos só falam apropriadamente dos assuntos do amor e da melancolia. Assuntos rasteiros não são da alçada do olhar. Guarde aí as forças que lhe restam que a Providência é ilimitada!

Por enquanto, se acalme. E, por obséquio, aceite que o chame assim: Bacharel. Se amanhã sua hora chegar e Nosso Senhor Jesus Cristo lhe chamar para sentar-se ao seu lado no Reino dos Céus, junto com o Pai e com o Espírito Santo, tenha certeza de que meu desejo é que seus inimigos sofram uma morte ainda pior que a sua. Rezarei para que morram engasgados nas próprias fezes e envenenados num rio de bile.

Entenda: é por isso que decidi lhe chamar de Bacharel. Afinal, não há veneno mais pútrido no mundo do que o veneno do qual são feitos os bacharéis. Ninguém que devore um bacharel seria capaz de viver para descrever o horror que corre nas veias de quem manipula as leis em favor dos mais ricos e poderosos. É o que espero e desejo para esses desgraçados pelados. Que morram engasgados todos os canibais! Que morram gritando todos os que ousarem beber o sangue de um bacharel.

Deitado aí você não vê, mas daqui eu consigo observar seu futuro algoz perambulando pela aldeia. Parece o sultão dos otomanos rodeado de seus soldados vestidos de preto chamados janízaros. Mas em vez de órfãos raptados transformados em pretorianos, Yawara tem seus cães. Mesmo agora quando se diverte, eles estão à espreita, mortais, seguindo o mestre com os olhos.

Veja que fanfarrão. Lá vai ele: rindo, afagando as crianças, passando a mão nas bundas rijas das indiazinhas já mulheres-feitas. Enquanto você espera a morte amarrado, ele vai se deitar com elas e meter-lhes o caralho.

Ah, que maravilhas são essas mulheres, não é, Bacharel? Nada a ver com as purulentas, barbudas e feiosas amas que nos restam na Europa. Morenas, sem um pelo sequer no corpo, nem sobrancelhas, as tetas duras como ameixas sem caroço, convocando o amor dos homens com a desfaçatez de quem chama o cachorro para um afago. Não enxergam pecado na foda. Uma foda sem pecado, Bacharel! Quem poderia supor que Deus permitiria tal coisa sob seus auspícios?

Tanto que muitos homens que conheci por aqui abandonam a fé cristã logo na primeira pirocada que metem nas índias. A foda sem o freio da culpa desamarra os nós da mente dos homens do mar. Vai ver que o pecado se afogou junto com a virtude e todo o resto que conhecíamos muito antes, ainda no meio do Atlântico.

Você certamente pirocou algumas delas, não? Ah, seu safado, aposto que mergulhou o frade capuchinho na santa grotinha delas. Sereias úmidas da Terra, é o que são. Que ancoram os homens com seus ventres impúberes. Conheço muitos marujos que daqui não saem nunca mais — tudo por conta das índias. Deixaram mulher e filhos para trás. Deixaram votos de eterno matrimônio diante de Deus enterrados por todo o velho continente. Depois de molhar o biscoito seco da viagem nesse rum adocicado, nunca mais se é o mesmo. E pensar que nem é preciso tomá-las à força. Elas vêm como bezerras, dóceis a brincar com os lobos.

Pois que ouço de muitos camaradas que não ter de possuí-las à força estraga um pouco a brincadeira. Mas é o Novo Mundo, Bacharel, com regras novas e comportamentos inéditos. Um mundo de mulheres livres, peladas e que nem deixam um homem meter-lhes a lança na marra. Quando não é ainda pior: elas tomam a iniciativa fazendo os varões de donzelas. O Novo Mundo não tem como dar certo para os homens brancos, Bacharel. Ouça o que eu lhe digo.

Mas veja só que curioso. Yawara não se parece com esses índios daqui. É pelo menos uma cabeça e meia maior que os outros. Parece mais com um dos guerreiros da raça que chamamos goitacases, mais altos, fortes e claros que os chamados tupiniquins.

Yawara tem uma cor incerta. Nem bem escuro, nem bem claro. Fosco talvez? Difícil dizer. Passaria por branco entre os brancos e por índio entre os índios. Tem as feições delicadas como as de uma mulher ou mesmo de uma criança. Mas tem o corpanzil agigantado e musculoso de um lutador de feira. O peito cruzado por cinco enormes cicatrizes. Parece um pouco com todo mundo que você já viu antes e, ao mesmo tempo, não parece com mais ninguém. Parece impossível como a morte na mente de quem está vivo.

Um homem da Terra do Pau-Brasil, é o que ele é. Uma coisa que só poderia acontecer aqui. Não é de se espantar que seja uma lenda viva. Muito antes de vê-lo, eu tinha ouvido sua história contada muitas e muitas vezes em muitas versões diferentes. Sua fama corre toda esta terra e até além, contornando o Cabo no extremo sul do continente e subindo até as minas de prata de Potosí, para onde os espanhóis andam levando os índios escravos que lhes vendemos, nos bergantins que fabricamos para eles lá no Porto dos Escravos.

Não tema, Bacharel. Enfrentaremos juntos esta longa e tenebrosa noite lado a lado pelo tempo que a Providência me permitir. Devemos, como cristãos, essa lealdade uns aos outros. Não caminhará só no Vale da Morte. Eu e o Senhor estaremos ao seu lado.

Contudo, não vejo como Morfeu poderia deixar cair areia em nossos olhos para nos fazer dormir com tanto em jogo e tudo prestes a acontecer. O sono não vai chegar. O melhor mesmo a se fazer é continuar a desfiar a prosa. Deixar o ritmo das palavras nos levar balançando suavemente em sua corrente até ancorar no horizonte da manhã.

Posto isto, não consigo pensar em uma história melhor para lhe contar, nesta noite fatídica, do que a lenda do próprio homem, ou besta, ou deus pagão, ou assombração ou o que quer que diabos seja esse tal de Yawara — o guerreiro que pretende carregar, a partir de amanhã, o seu nome, a sua coragem e a sua história dentro de si.

Conto a história como a ouvi de outros, sem poder separar verdades de mentiras, causos fantásticos de ocorridos devidamente documentados. Apenas seguirei deslizando, da maneira que conseguir, pela névoa da incerteza de que é feita a memória dos homens. Pretendo desfiar uma história colorida pelos desejos e ambições dos próprios homens que a passaram para a frente ao redor das fogueiras, muitas vezes antes de mim.

Uma história como são, enfim, todas as histórias — sejam elas contadas pelos mercadores venezianos, pelos almuadens de Damasco, pelos judeus usurários do porto de Barcelona ou mesmo pelos santos monges de Cluny.

Uma história que começa com um menino que chegou ao mundo sem nunca ter saído de dentro de uma mãe.

2

Ninguém sabe ao certo o lugar onde nasceu Yawara. A Belém natal desse Belzebu. Uns dizem que ele nasceu perto do Planalto de Piratininga, outros que foi mais ao nordeste, para as bandas onde os franceses estão sempre a fazer suas intrigas e escambos, e tem gente que garante que foi lá para os lados do Caminho do Peabiru, no rumo daquele rio que os espanhóis chamam de Prata. O que ninguém contesta é que uma pequena tribo sem nome conhecido vinha vagando por essa floresta sem fim em busca da Terra Sem Males — o lugar sem guerra, fome ou doenças que todas as tribos desse lugar perseguem.

E não é que os índios têm um Paraíso como o nosso, Bacharel? Que surpresa, não? Mas também, qual é o povo que não tem seu Jardim do Éden particular? Qual é o povo que não precisa de um sonho para mirar enquanto rala nas escamas duras dos dias sabendo de antemão que a morte é iniludível?

Mas na ocasião do nascimento do seu futuro algoz, o que o caminho guardava para aquela pequena tribo não era a Terra sem Males. Muito pelo contrário. Era o vazio de onde brota apenas sombra e sangue.

Ao cair da noite, um bafo quente ainda subia da terra roxa — o hálito de um dragão imemorial lambendo as pernas de todos que ousavam insistir em viver nesse lugar — quando um grupo dos tupiniquins atacou a pequena tribo. Porque é isso que todos esses índios fazem sem descanso: guerrear, aprisionar e devorar os inimigos. A morte é o ouro deles, Bacharel. É nela que encontram sentido na empreitada dos dias. A morte é a bússola nefária que lhes dá direção.

O ataque dos tupiniquins foi certeiro, sem chance de defesa ou revide. Pelas pontas faltantes no seu nariz e orelhas posso inferir que uma ou outra escaramuça você já deve ter perdido. E se perdeu algumas, deve ter vencido outras. De outra forma não estaria aqui laçado ao tronco dentro desta cabana. Então, Bacharel, você já conhece o cenário que vou descrever.

Pelo chão no campo de combate, as brasas ainda incandesciam em nesgas como se a terra tivesse a pele rasgada por unhadas de pantera. Os riscos de brasa formavam chagas queimando lentamente. Revelavam a verdadeira e inflamada carne sob a terra.

As luzes vermelhas das labaredas, aqui e ali e ali e aqui, luziam o breu verde-escuro e contornavam em escarlate figuras que não se revelavam nem mais vivas e nem bem mortas. Eram os índios feitos prisioneiros como nós: incertos de sua verdadeira condição no mundo.

A luxúria de descosturar a humanidade dos outros, como é de costume em todas as guerras, pequenas ou grandes, deixava excitados os guerreiros tupiniquins. Terminado o combate, agora metiam o pau duro no rabo das mulheres para gastar aquele último impulso de violência que sobrava em seus corpos. Paus duros batendo na cara da morte para avisá-la: estamos vivos!

A essa altura, os remanescentes da pequena tribo, os que não estavam mortos, estavam devidamente amarrados. Os tupiniquins com seus arcos, flechas e tacapes riam e faziam troça dos inimigos humilhados, sujos e aprisionados. Sorriam faceiros. "Você vai ser minha comida, venha cá", gritava um deles. Andavam com aquele requebrado satisfeito nas ancas, os pés apontados para fora em chutinhos curtos. Mediam seus feitos e vantagens.

Eis que entre eles havia uma figura ainda mais feroz do que qualquer outra. Mas o estranho mesmo, Bacharel, é que aquele era um homem branco como você e eu.

3

Tinha o cabelo aparado em cuia, o corpo musculoso pintado e as sobrancelhas raspadas — exatamente ao modo dos tupiniquins. Estava nu como os outros. Porém, era mais alto, mais forte e carregava em uma das mãos a evidência de que era outra coisa: uma espada de metal à moda dos portugueses.

João dos Piratiningas. Assim era chamado. Suponho que ele deveria ter outro nome, um nome completo de homem branco: com sobrenome, se fosse fidalgo, ou apenas um apelido, se fosse um filho da puta qualquer como eu. Talvez tivesse muitos nomes, como os salteadores que bandeiam pelas estradas ao redor de Paris predando os viajantes.

Estava pintado para a guerra como os outros tupiniquins e isso o deixava ainda mais aterrorizante. Um homem descivilizado, por assim dizer, Bacharel. Regredido à condição de besta-fera. Que jogou fora o manto do perdão que Nosso Senhor Jesus Cristo nos ofereceu com seu sacrifício para correr o mundo ao lado das cobras, vivendo de um modo bestial e insondável.

Um palmo mais alto e duas arrobas mais pesado que qualquer outro guerreiro ali, amigo ou inimigo. Seus pés, descalços como os dos índios, eram pura casca e calo — forjados nas centenas de quilômetros de caminhadas pela floresta sem fim.

Dizem que esses índios têm olhos nos pés, Bacharel. Sabem dizer, apenas pelos contato deles com o chão, se choveu ou se vai chover, sabem se há caça por ali, se há plantas para comer, se há perigo rondando, se naquele trecho há árvores antigas prestes a cair, sabem até dizer se os inimigos estiveram por perto. Olhos nos pés, Bacharel.

Por todo o chão, restavam agora os corpos dos infelizes que não se renderam. Urnas que até horas antes guardavam um mundo todo dentro de si, mas que agora eram apenas um monte de cacos quebrados revelando em seu interior frutas podres, abertas ao tempo, alimentando as moscas. Amontoados pelo chão em posições antinaturais — posados daquela maneira pelas musas da guerra. Seus líquidos e soros derramados, alimentando a fome insaciável desse chão.

Para os vivos, amarras. Presos em fila, laçados uns aos outros pelo pescoço e pelas mãos com corda de algodão. Os olhos revelavam o medo que sentiam do lugar para onde se destinavam. Um lugar onde o tempo não corre adiante, mas gira em falso. Não fossem aqueles animais totalmente diferentes de nós, homens brancos cristianizados e merecedores do amor eterno de Deus nosso Pai, penso que eu até sentiria tristeza de vê-los escravos. Sorte deles, Bacharel, que têm a nós, homens brancos, para lhes dar utilidade em nossa conquista do mundo — como bem damos aos cavalos e aos bois que trabalham o campo. Fora um ou outro jesuíta de merda nas ventas a querer tratá-los como gente, dar-lhes a hóstia e ensinar-lhes o evangelho, é certeira a ciência de que não passam de animais.

No meio dos corpos amontoados e desfigurados, Bacharel, havia dois vultos que destoavam do conjunto daquele pesadelo. Quem não soubesse o que tinham sido em vida garantiria que aquilo ali não tinha vindo da floresta, mas de um lugar mais profundo e muito mais tenebroso. Não se pareciam com nenhum outro bicho existente na fauna protegida por Curupira, o guardião dos animais que vivem nestas florestas.

Um desses monstros teve a fuça queimada pelo fogo. O couro da face estava todo esturricado, repuxado para trás, revelando o branco dos ossos e os dentes massivos atarraxados a uma mandíbula colossal. Tinha treze flechas lhe abespinhando o corpo. Nem São Cristovão levou tantas setas para morrer.

O segundo cadáver bestial, do mesmo tamanho do outro, tinha uma lança, chamada zagaia, perpassada pelo centro do tórax, atravessando-lhe as costelas e emergindo novamente pelas costas. A criatura morta ainda mantinha aprisionado entre os dentes, abocanhado pelo pescoço, um guerreiro da tribo sem nome. Os dois, o índio e o monstro, formando uma coisa só.

Os índios chamavam aqueles bichos mortos de "filhos de Ahó Ahó". O nome vinha do som que as criaturas faziam quando perseguiam suas presas. Não há índio por essas bandas que não trema ao ouvir na distância os latidos. Garantem que são criaturas malignas, comedoras de gente, descendentes de Tau e Kerana. Dizem que quando um deles resolve perseguir alguém só é possível escapar subindo numa palmeira.

Mas a verdade, Bacharel, é que aqueles bichos haviam chegado até aqui de barco, vindos do mesmo lugar de onde viemos nós dois e o tal João dos Piratiningas: da Europa.

Animais cruzados e aperfeiçoados nas artes da guerra durante toda a Antiguidade. Mestiçados e treinados através dos séculos. Alimentados no sangue seco grudado nas lâminas dos legionários que rasgaram o mundo para construir o Império Romano. Pois que eram molossos de guerra. Cachorros enormes aperfeiçoados em batalhas sangrenta. Mastins da morte. Os que hoje chamamos por aqui de cães onceiros, pois são os únicos que não fogem quando sentem o cheiro das onças que rondam essas bandas. Já viu uma, Bacharel? Uma pantera malhada, amarela e cheia de pintas, do tamanho de uma leoa. Mas não importa o jeito que se chame a bruta, nenhum nome fará você estar preparado para encontrá-la. Certa vez vi uma matar um crocodilo mordendo-o direto na cabeçorra monumental.

Como no caso das onças, nenhum nome nunca vai explicar corretamente o que eram aqueles cães. Talvez por isso precisassem ter tantos nomes. Cachorros, Bacharel! Iguais a esses que estão agora ao redor da fogueira rondando o guerreiro Yawara. Porque esses aqui só podem ser os netos e bisnetos daqueles lá. Não há outra maneira de explicar sua presença num recôndito tão ermo quanto este. Quando souber mais da história, vai ver que faz sentido o que eu lhe digo.

Enquanto aquela fatídica noite se desenrolava, o restante dos cachorros rondava João dos Piratiningas, sempre formando um círculo mal desenhado ao seu redor. Alguns deitados, roendo os espólios da batalha: ora uma mão, ora um pé, ora um braço ou uma lança. Outros orbitavam a cena lenta e delicadamente.

João dos Piratiningas descansava sentado, afiando sua espada com uma pedra que carrega especialmente para esse fim. Observava a sua obra inacabada, ainda terminando de nascer.

Com uma tropa de não mais que cento e vinte guerreiros, ele acabara de prender, de acordo com a última contagem, trezentos e setenta e oito escravos. Perdera apenas dezoito homens e dois cachorros. Aquela era até ali sua mais bem-sucedida expedição para arrancar da floresta os escravos que venderia mais tarde na costa para os primeiros loucos a se instalarem por lá, na vila que mais tarde viria a se chamar Porto dos Escravos e, depois, São Vicente.

Foi quando um dos cachorros se aproximou. Era uma fêmea grande, com a cara preta e a pele do corpo marrom. Tinha a fuça toda manchada de sangue. Um monstro grande e fedorento, pesando mais do que um homem adulto.

A cadela se aproximou vagarosa, cabisbaixa, babando muito e trazendo algo grande demais dentro da boca. Parecia ter engasgado tentando engolir um coco. Emitia um ruído particularmente assustador: um gargarejar grave e rouco. Movia-se como um felino. Um andar alquebrado e requebrado. Chegou mais perto de João dos Piratiningas e postou-se aos seus pés como se postam, prostrados, os cardeais aos pés do Santo Papa.

Sem aviso, começou a regurgitar uma coisa, vomitando em etapas o que quer que fosse que estivesse lhe oprimindo a garganta.

Seu pescoço empurrava o engasgo para fora da bocarra em movimentos ondulados e reptílicos.

João observava sem muito interesse. Até que começou a reconhecer do que se tratava. De dentro da goela da cadela suja de batalha desceu inteiro, sem faltar-lhe um dedinho que fosse, um bebê humano. Um curumim, que é como os índios chamam as crianças deles.

No escuro, João empurrou com a lateral do pé o corpinho da criança para longe de si, sem força nem nojo, apenas afastando-o como se afasta um gato inconveniente ou um pombo na rua.

Subitamente, todos os cães se aproximaram de uma só vez, fechando ao redor dele um círculo, como se não quisessem que ele escapasse para lado nenhum. Eram dez cães ao redor de seu mestre.

Por via das dúvidas, o homem empunhou mais firme a espada que, por ser a única arma de metal ali presente, lhe conferia, para além da própria corpulência potentíssima, uma vantagem substancial no campo de combate.

Levantou-se preparado para cutucar o bebê, investigando a aparição com a ponta. Mas nesse momento uma constelação de olhos pequenos e esfumaçados, repletos de ideias mortais, brilhou intensamente ao seu redor. Todos os dezenove olhos dos dez cães fixamente centrados na sua figura, já que a um dos cães restava só um olho.

Os cães começaram a rosnar intensamente fazendo vibrar o ar. Soavam como mil carruagens tremendo o chão a caminho do mercado de Constantinopla. Soavam no peito, não nos ouvidos. João dos Piratiningas já tinha visto muita coisa nessa vida. Coisas nas quais você não acreditaria. Talvez mais coisas que qualquer homem devesse ter visto em uma vida só. Mas nunca tinha visto uma coisa como aquela ou ouvido um som como aquele.

Foi então que o bebê, aos seus pés, emitiu um longo e agudo grito como somente soltam os que estão chegando e os que estão partindo.

4

Eis que o silvo estridente do recém-nascido foi tão assustador, Bacharel, que fez com que os olhos de todos os presentes se fechassem — como que para ajudar os ouvidos a tentar não ouvir aquele grito assustador. A criatura demandava atenção total para sua chegada ao mundo.

João dos Piratiningas pulou para trás como quem percebe que pisou numa cobra. Agachou-se curioso aproximando o rosto do corpinho e viu que, de algum modo, aquele serzinho regurgitado da boca de uma cadela insistia em viver. Insistia não, exigia, Bacharel, tamanho o fôlego dos seus berros.

Pegou a espada na mão direita com a intenção de acabar com aquele momento desagradável logo de uma vez, mas parou a meio movimento quando percebeu algo muito, muito estranho.

Tomou-o de arrebate um arrepio de corpo inteiro, aguçaram-no os sentidos extras que os guerreiros experientes desenvolvem de tanto bailar com a morte.

Os cães haviam parado de respirar, criando um silêncio incômodo. Abaixavam-se nas patas da frente, erguiam-se nas traseiras muito concentrados em João. O marfim dos dentes das bestas luzia banhado em grossa saliva e em cada dente João dos Piratiningas enxergava o próprio reflexo espelhado — um pequeno exército de réplicas suas, perfilado à sua frente, aguardando seus comandos antes de avançar rumo ao combate.

Sem fazer qualquer movimento brusco, João dos Piratiningas ergueu a criança, que não parava de berrar, pelas perninhas ainda lambidas de saliva de cachorro e envoltas em placenta. Levou-a, de cabeça para baixo, até uma das índias mais velhas, que estava amarrada com o resto dos inúteis.

Pois não é que a índia velha ficou louca e se recusou a receber de João a criatura? Começou a doida a se debater apavorada, gritando, como se João dos Piratiningas estivesse tentando entregar-lhe um tacho em brasa e não um bebê. Gritava que aquele era um espírito mau da floresta.

Os gritos da índia velha se juntavam aos do bebê numa sonata histérica e desagradável. João dos Piratiningas, que havia largado esposa e filhos para trás em Portugal, não tinha o temperamento apropriado para aguentar nem esposa e nem filhos gritando, quanto mais o berreiro de uma índia velha e de um feto diabólico. Ficou tão irritado, Bacharel, que virou um tapão na cara da velha, acertando chapada a lateral da cabeça. A velha caiu solta como um judas de pano.

João dos Piratiningas era um homem prático. Tentou em seguida entregar a criatura misteriosa para uma segunda índia velha, que, já escolada pelos eventos que acabara de presenciar, tentou outra tática. Em vez de começar a berrar, foi ao chão, empurrando a cara na terra, e começou a chorar baixinho. Olhe, Bacharel, alguma coisa deviam saber essas índias velhas, conhecedoras dos espíritos antigos que rondam estas florestas, para não querer nem encostar naquele menino.

Mas o segundo teatro feminino irritou ainda mais o homem branco. Um homem que trocara uma mulher cristã por dezenas de jovens índias — com as quais teria centenas de filhos. Como Mehemet entrando em Constantinopla, João adentrou o Brasil para ser um sultão: orgulhoso e livre, vivia como bem entendia, sem lei, sem roupa, sem Deus, sem dívidas, sem obediência a nada nem ninguém, exceto à sua própria ambição.

Era assim o homem que olhou para baixo e deu um chute na cabeça da velha. Agora eram duas índias desacordadas.

Já visivelmente perturbado, João dos Piratiningas ainda olhou para uma terceira índia, que de imediato se encruou, dando um passo para trás, antevendo não só a proposta que viria, mas também o golpe que seguiria. Ele suspirou soltando o ar lentamente, aceitando que das mulheres um homem branco não deve esperar nunca outra coisa senão irritação.

Com a mão esquerda, levantou o bebê, que continuava berrando, ainda de cabeça para baixo parecendo uma lebre recém-capturada. Recostou a espada de combate num tronco e com a mão direita puxou o punhal que carregava numa bainha amarrada lateralmente, junto das costas, presa ao cinto de couro fino que lhe amarrava o caralho para cima ao modo dos guerreiros tupiniquins.

O som da lâmina desembainhando acionou os cães como se fosse um velho e conhecido comando de ataque. Fecharam-se rápidos ao redor do homem latindo gutural e ameaçadoramente.

João dos Piratiningas sabia, e os cães ao seu modo também que, de todos os seres ali presentes na cena, João era o predador mais mortal. Tanto que na maior parte do tempo os cães se submetiam a ele com devoção e prazer. Creio eu que até os cachorros entendiam a profundidade da força da vontade daquele homem — da violência que ele estava destinado a impor ao mundo.

Aquela foi a primeira e também a última vez que os cães se viraram contra seu mestre, Bacharel. Poucos homens de que se tem notícia poderiam fazer oposição a dois ou três daqueles gigantescos cães onceiros usando apenas uma adaga. João era um deles. Mas enfrentar dez deles de uma vez, Bacharel, seria impensável.

Mas repare: João dos Piratiningas era o próprio espírito ambulante das causas impensáveis. De que outra forma poderia estar ali naquela circunstância? Um homem branco liderando uma tropa de canibais, caçando outros selvagens com a naturalidade de quem está a arrebanhar porcos ou galinhas para o abate, a milhares e milhares de léguas da sua nativa Portugal, no meio dessa floresta sem fim, entre aparições e forças ocultas. Impensável, Bacharel. Impensável.

Ciente da intensa negociação que estava em andamento naquele momento, João dos Piratiningas respondeu instintivamente. O pé direito moveu-se para trás abrindo as duas pernas em uma base diagonal, mais firme e apropriada para a luta, com a perna esquerda estendida e o pé apontando para o primeiro cachorro que iria morrer. Adiantou a mão esquerda apresentando aos cães o bebê balançando como um saco de farinha à sua frente. A mão direita, empunhando a adaga, com o dedão por cima do cabo, impávida ao modo de uma cobra prestes a dar o bote: ao mesmo tempo estática e mortal. As labaredas purpúreas dos fogos que ainda restavam ao redor rabiscando seus olhos.

Olhou para os cães. Olhou para a faca. Olhou para os cães. Olhou para a faca. Guardou a lâmina de volta na bainha e passou a olhar os cães nos olhos um por um. Bacharel, oh, Bacharel! É sabido por todos que têm o hábito da lida com esse tipo de animal que olhá-los nos olhos levará somente a dois tipos de resolução. Ou você os dominará ou será atacado. Mas, acredite se quiser, naquela noite os cães olharam para o chão. Desarmaram seus botes. Deixaram as orelhas cair e os enormes músculos, visíveis sob a pele solta do corpo, relaxar.

Foi só quando o último cão se deitou de barriga no chão, cruzando as patas da frente uma sobre a outra, soltando um "ohumpf", que João dos Piratiningas percebeu que o bebê já não estava mais chorando.

Mas você não imagina o que o bebê estava a fazer, Bacharel. De ponta-cabeça como uma perdiz prestes a mergulhar na água fervente de um caldeirão, balançando para lá e para cá ainda na mão esquerda do homenzarrão, o bebê estava rindo. É ou não é de se perder o juízo um caso desses, Bacharel?

O mundo a desabar e o diabo a gargalhar.

João então levou a mão esquerda até a altura do rosto e encarou seriamente aquela criaturinha misteriosa. Sim, não havia dúvida, era o semblante da felicidade aquilo ali estampado na minúscula careta que o contemplava de volta. O desgraçado estava se divertindo à larga. Gargalhando.

Mesmo tendo abandonado a prática do cristianismo e a totalidade da sua fé desde que decidiu renascer naquelas matas, João dos Piratiningas fez o sinal da cruz sobre o peito e depois sobre o rosto. Viu-se invocando baixinho o nome do Nazareno. Sabe-se bem que nessa vida passamos por apertos tão grandes, abalos tão sinistros, que só conseguimos reagir a eles retomando os mais antigos hábitos, as primeiras crenças, as doutrinas experimentadas na infância. Nessas horas, corremos para pedir ajuda para a pessoa que passamos a vida inteira tentando deixar de ser.

Na falta de outra solução mais competente, João dos Piratiningas meteu o bebê dentro de um balaio de palha que catou entre os escombros. Chamou para perto um dos guerreiros mais bravios sob seu comando e mandou que o rapaz carregasse o balaio na jornada de volta.

Pegou a borduna do rapazola emprestada e deu com ela nas ancas da cadela que tinha lhe criado aquele prolongado e perturbador inconveniente. O cão ganiu e se afastou mancando.

Deu sinal aos seus de que era hora de terminar o serviço. Todos os capturados que não tivessem serventia, fossem velhos, doentes, crianças ou feridos demais para andar, deveriam ser executados imediatamente para não atrasar o passo e a jornada da tropa. Um por um, os inúteis foram tomando bordunadas na cabeça. Aquele velho espetáculo, Bacharel, crânios se espatifando, choro e gritaria.

Depois de um tempo, estava tudo pronto para partirem. Com um grito de ordem, João despachou a tropa de volta para a aldeia de Piratininga. Durante a caminhada de volta, o silêncio do pelotão era quebrado apenas pela galhofa dos guerreiros, que riam com um som apertado para não chamar a atenção de João, que não era dado a graças. Caçoavam do coitado carregando um espírito mau da floresta num balaio furado sacudindo sobre a sua cabeça.

Dentro do balaio, um bebê que jamais descansaria enovelado em braços quaisquer que lhe tivessem amor.

5

Que eu saiba, Bacharel, não se encontra em nenhum parágrafo esquecido na longa odisseia dos homens uma linha ou verso sequer que possa explicar como foi que o menino Yawara conseguiu sobreviver às dificuldades extraordinárias de seu nascimento e infância.

Imagine que se tantos por aí cercados de mimos e familiares não chegam aos dez anos de idade — caem em poços, são pisoteados por cavalos, se empalam em cercas pontiagudas, engasgam em ossos, comem cogumelos suspeitos, deitam com as febres, cagam até morrer, respiram ares contaminados, vomitam sangue, morrem e morrem e morrem sem parar todos os dias —, como poderia Yawara ter sobrevivido aos primeiros anos sem gozar da ajuda plena de qualquer um neste mundo, tendo a sorte lhe oferecido como alento apenas o leite podre de uma índia cega e a companhia de cães de guerra? Esse mistério está ligado ao mistério da sua própria vida, Bacharel, que esse demônio pretende consumir amanhã.

Sabia-se, por exemplo, que ele havia chegado na aldeia ainda recém-nascido dentro de um balaio — trazido pelos guerreiros que voltavam da floresta com uma tribo inteira escravizada para ser vendida na costa ou comida nas festas. Braços e pernas para minar a prata. Carne para alegrar a cauinagem. Mas mais comentada do que a chegada em Piratininga era a narrativa, cada vez mais exagerada e colorida, de sua primeira aparição no mundo. A verdade é que nenhum daqueles índios teria deixado Yawara viver. Mas nenhum deles ousava desafiar a autoridade de João dos Piratiningas, que a essa altura já era casado com uma das filhas do cacique Tibiriçá.

E se já chegou em Piratininga afamado, a contínua habilidade de Yawara para permanecer vivo, a despeito de toda vicissitude apresentada pelo acaso ou pela malícia das gentes, aumentou ainda mais a reputação assustadora daquele curumin. Desde quando esse leão que aí está era apenas um filhotinho já provocava suspeitas, acusações, medos e inseguranças na população local da aldeia de Piratininga.

Araunã, um velho índio que tinha viajado pelas matas como poucos, garantia que o menino não pertencia a nenhuma das tribos conhecidas ou avistadas, combatidas ou rumoradas espalhadas pelo mundo.

Especulava-se na aldeia que ele podia ser branco também. Vai saber... Porque Yawara tinha uma aparência incerta e vacilante. Essa teoria, no entanto, esbarrava na história corrente que dava conta da sua chegada sem nascimento, escorregado de dentro da goela de um cachorro onceiro no meio de uma expedição de apresamento.

Yawara parecia-se, de fato, com todos, inclusive com João dos Piratiningas, um dos únicos homens brancos por ali. Não se parecia com ninguém e com todo mundo. Era belo desde sempre. Bonito como um tubarão é bonito. Você já viu um tubarão no mar, Bacharel? Pois deve ter visto já que caminhando ninguém chega nesta Terra do Pau-Brasil.

Quem via o menino logo se esquecia das particularidades de suas feições e parecia se espantar a cada reencontro, como se estivesse conhecendo uma outra pessoa cada vez que o reencontrava.

Lembravam-se de aspectos genéricos: era belo, esguio e potente como as onças d'água. Imprimia aos olhos mais desejos do que fatos. Ninguém podia, com nenhum grau de certeza, apontar-lhe uma característica definidora: uma pinta, uma cicatriz ou mesmo o desenho particular dos dentes. Alguns diziam que, quando o acionavam na memória, o que lhes vinha era sua própria semelhança. Alguns alegavam que vê-lo era como ver a si mesmo num sonho. E por isso mesmo outros afirmavam que Yawara era aparentado com Anhangá, o espírito antigo que traz os pesadelos que deixam as redes onde dormem os índios molhadas de amargo suor.

Outra coisa que acontecia era que sua presença provocava as reações mais estranhas nas pessoas: desde um leve sentimento de pânico até a excitação sexual descontrolada. Dava-se como certo que pelo menos duas índias haviam se suicidado no rio após encontros fortuitos com o menino enquanto ele se banhava. Nunca mais foram vistas.

Um degredado italiano, cujo nome não foi guardado e que viveu ali por uns dois anos com os piratiningas, jurava que tinham sido os cães onceiros as verdadeiras amas do menino. Contava para os índios de Piratininga um causo parecido, lá da nossa terra. O caso de um par de meninos criados por lobos e que cresceram para fundar o maior império que já existiu, que ocupou de borda a borda todos os terrenos do mundo.

Nenhum dos índios entendia o que era um império, para que servia, ou por que alguém haveria de querer fundar, manter ou mesmo fazer parte de um deles. O único império que existe para eles é a floresta da qual são parte e com a qual são um. Entenda, eles mesmos são a floresta e a floresta, eles mesmos. Se um dia a floresta minguar, minguam junto os índios. Mas todos entendiam que um império não era coisa pouca e que Rômulo e Remo deviam ter sido caciques portentosos.

A grande maioria dos índios concordava que Yawara era algum tipo de espírito. Para não lhe dar força de gente, se negavam a falar com ele. Os índios acreditam, Bacharel, que se você fala com um espírito da floresta ele vira gente e nunca mais larga de você. Imagine. Espíritos reencarnando como se fossem o próprio Jesus de Nazaré. Espero que eu também não seja um espírito da floresta, Bacharel, porque pelo tanto que estou falando aqui poderia certamente ser confundido com um deles, não é mesmo?

Mas vai a lenda que muitos dos índios gritavam para o menino "Eu sou gente!" sempre que o encontravam. Fugiam de sua presença toda vez que ele por ventura se aproximasse. Agindo da maneira que consideram correta e garantida quando se trata de encontros com espíritos. Para eles, esse comportamento é tão certeiro quanto para nós é usar os poderes contidos no crânio de Santa Catarina de Siena para nos proteger. Mesmo que qualquer idiota saiba que os poderes de Santa Catarina de Siena funcionam perfeitamente e que essa crendice dos índios é justamente isso: crendice.

Nos constantes debates a respeito do menino Yawara, atribuíam-lhe como destino realizar alguma missão futura, cujo teor e objetivo ainda eram desconhecidos deles ali, mas que acreditavam seriam revelados em uma apoteose de fúria e terror. Não permitiam jamais que o menino ficasse entre eles, comesse ou dormisse perto de suas fogueiras e redes. Quando Yawara passava, a conversa cessava.

A maneira com que o garoto convivia com os cães, comendo e dormindo com eles, às vezes mamando nas tetas das cadelas que tinham filhotes — e, diziam alguns, até mesmo trepando com elas quando começaram a lhe surgir pentelhos sobre o caralho — e, principalmente, a maneira sobrenatural com que ele parecia se comunicar com os tenebrosos cachorros não ajudava em nada a sua popularidade.

Por outro lado, ninguém ousava ameaçá-lo. Até mesmo chegar muito perto dele sem a sua anuência poderia se provar um erro grave. Isso foi amplamente demonstrado no dia em que três dos cães estraçalharam um índio cativo recém-chegado que partira para cima do menino quando ele lhe roubou um pouco de comida.

Yawara vivia em um canto da aldeia numa cabana pequena, longe das grandes ocas onde os principais habitavam, no terreiro central. Ao contrário deles, Yawara não trabalhava, nem caçava, nem ajudava ninguém, nem mesmo o famoso cacique Tibiriçá, maior ainda que João dos Piratiningas, que por sua vez concentrava-se na guerra contra os índios de outras tribos e contra os brancos que lhe atrapalhassem os negócios.

Yawara só tinha olhos para dois homens em toda aquela aldeia: João dos Piratiningas e o Pajé Acauã. Passava praticamente todo o seu tempo a espioná-los e a observá-los da menor distância possível, em geral a distância que uma pedrada não pudesse atingi-lo.

João dos Piratiningas tratava o menino como um de seus cães, portador de uma força que lhe seria útil em algum momento de sua própria jornada. Uma fera para ser domesticada e nutrida até poder enfim ser usada como arma.

Já o Pajé Acauã foi o responsável por garantir que uma velha índia cega amamentasse Yawara desde que ainda recém-nascido, ou surgido se você preferir, chegou na aldeia. O pajé, por posição e vocação, sabia levar vantagem nas trocas com os espíritos e achou que seria bem remunerado pela ajuda que prestava para aquela criatura, mesmo sem entender ainda por que ajudava. Ao contrário dos nossos padres, Bacharel, que gastam a vida tramando maneiras de arrancar-nos as pratas, embebedar-se com vinho, descabaçar as mocinhas e enrabar as viúvas, os pajés, que são como os nossos padres para eles, cuidam mesmo do espírito da indiada. Pena que eles não têm espírito, não é mesmo, Bacharel? Mas é por conta dessa malandragem e dessa arte que eu respeito os pajés. São artistas que sobrevivem da imaginação como eu.

O Pajé Acauã era muito bom em todos os tipos de escambo, inclusive os imaginários, como seu lugar de destaque entre os principais demonstrava. Os arranjos que havia feito até ali com os espíritos da floresta se provaram sempre lucrativos.

Foram as tetas murchas, pendendo como redes dobradas, daquela índia velha de olhos cor-de-leite que sustentaram com alimento o menino Yawara durante cinco anos, até o dia em que ela morreu de repente sem que a saúde lhe desse qualquer sinal de que a morte se aproximava.

Era um dia quente e ela estava sentada no chão, encostada num jequitibá-rosa, enquanto Yawara, com o torso apoiado sobre as pernas dela, esticava o pescoço como um cágado para lhe sorver os mamilos marrom-escuros. Mais parecia que estava roubando o leite do que mamando. A índia não emitia com o corpo o menor sinal de aconchego. Não poderíamos criticar alguém que, olhando de longe, pensasse que o menino estava tentando devorar aquela índia velha ainda viva, começando por lhe mastigar as tetas murchas.

Sabe, Bacharel, foi justamente a frieza com que ela lhe entregava o leite diariamente que fez com que nem o próprio Yawara, que estava mamando no momento em que ela morreu, percebesse o exato instante do ocorrido. Ele mamou e mamou e mamou até não haver mais uma gota de leite para mamar. Quando, finalmente, depois de mais de uma hora percebeu que ela estava morta, não reagiu muito bem.

Só conseguiram fazer o menino soltar do corpo depois de dois dias tentando. O primeiro trouxa que tentou tirá-lo carregou para sempre nas duas mãos as marcas dos dentes de Yawara. Foi aí que pararam de chamá-lo simplesmente de Espírito Mau ou Demônio e passaram a chamá-lo de Yawara, "aquele que morde".

6

Não era incomum que as crianças da aldeia de Piratininga desaparecessem antes de crescer. Algumas delas, filhas dos cativos, eram levadas para o mato pelos próprios pais, onde eram assassinadas. Preferiam devolver os pequenos para a floresta do que mantê-los sofrendo na servidão.

Outras cometiam o gravíssimo erro de cair na conversa do Frade Simião, que não era frade, não era padre e nem pertencia a ordem nenhuma ligada à Santa Igreja Católica Apostólica Romana. Era apenas um diabo que decidiu se reinventar aqui no novo continente como homem de Deus. Vestiu a batina de um defunto e frade virou.

Bacharel, o tal Frade Simião que não era frade coisa nenhuma, apresentava-se aos índios como um grande conhecedor da Bíblia e dos ensinamentos de Jesus Cristo Nosso Senhor. Mas como não teve o benefício dos estudos no seminário, ou dos estudos em qualquer lugar onde não se servisse cerveja e hidromel, ele inventava e misturava todas as histórias da Bíblia Sagrada a seu bel-prazer com a finalidade de aliciar as crianças para seus fins sinistros.

Contava, por exemplo, como Moisés derrotou o Exército das Sete Nações fazendo desabar dos céus sobre seus inimigos um mar inteiro e se salvou do cataclismo junto com seu povo graças a uma enorme arca construída por seu compatriota Noé.

Assustava a todos com a narrativa sobre como Jesus, num momento de fúria, destruiu duas aldeias gigantes, Sodoma e Gomorra, liderando um batalhão de mortos-vivos que ele reviveu numa caverna. Explicava como Adão e Eva desobedeceram aos frades que organizavam e cuidavam do Paraíso e foram devorados por uma cobra gigante com braços e pernas chamada Jurupari. E assim por diante, Bacharel.

Um sacrilégio em cima de outro, em cima de outro, em cima de outro. Um predador reescrevendo toda a história da cristandade como bem entendia para entreter os pequenos, deixá-los bailando em sonhos mirabolantes ao seu redor para enfim consumi-los.

Não passava muito tempo, as crianças que caíam encantadas com as fábulas do Frade Simião deixavam a oca onde ficavam os escravos e iam morar com ele lá no seu roçado. Iam convencidas de que iriam trabalhar com o frade para aprender a palavra de Nosso Senhor Jesus Cristo, acreditando que escolhiam o melhor destino que poderiam ter naquele lugar. Estavam muito enganadas.

Depois de um tempo morando no roçado junto com Simião, os meninos e meninas sumiam sem maiores explicações. Ele dizia aos pais e parentes que as crianças tinham descido para a costa para aprender mais sobre o Deus dos homens brancos com os outros padres no Porto dos Escravos. Mas ninguém acreditava muito naquela história tão mal contada.

Num lugar assim, Bacharel, onde há tanta vida, tantos frutos, tudo é tão abundante, não é de se estranhar que as crianças não fossem tão valorizadas. Seus pais aceitavam o sumiço como aceitavam toda a incerteza da vida neste rincão, fossem aventuras auspiciosas e ou desventuras atrozes. De um lado o furor da vida escorrendo em mel das árvores ou explodindo nos saltos dos rios repletos de peixes. Do outro, o fedor pútrido da morte que aqui tem mais agentes do que em qualquer outro lugar. Além disso, não havia ainda na imaginação deles desumanidade tão terrível quanto a semeada pelo frade. E o que não existe na imaginação não pode existir na realidade. Dessa forma, destilavam a amargura de perder seus filhos em uma raiva difusa que guardavam para exercer contra seus inimigos.

João dos Piratiningas não se importava com o que o Frade Simião fizesse desde que continuasse a desempenhar bem o papel de facilitar e conduzir as trocas de escravos na costa com os navegantes, exploradores costeiros e contrabandistas, alguns que desciam até o Rio da Prata e outros a caminho de Potosí, que dizem ser o nome verdadeiro do "El Dorado" das lendas.

Simião, além de constantemente inventar suas próprias histórias bíblicas, também propagava sem vergonha que falava muitas línguas. Fora os três ou quatro idiomas que qualquer comerciante, trapaceiro ou mouro branco de Berbere conhece porcamente, o falso frade dizia, alisando a barriga peluda, que dominava vinte e três línguas, Bacharel. Vinte e três!

O número me estala e perfura os ouvidos: vinte e três. Porque vinte e três seria uma a mais do que dominava meu finado pai, o emérito e excelentíssimo Giovanni Pico della Mirandola, o homem mais ilustrado que o mundo moderno já produziu, autor das novencentas teses que compõem o livro *Conclusiones philosophicae, cabalisticae et theologicae,* invicto em debates contra todos os mais estudados sábios do continente europeu e além.

Meu finado pai dominava vinte e duas línguas, Bacharel. Educou príncipes e dignatários, calou bispos e poliglotas, provocou surtos de inveja até no Santo Padre, Bacharel, no sumo pontífice. E vem o tal frade dizer que falava vinte e três línguas. De todas as passagens duvidosas desse causo, Bacharel, a que mais me irrita é essa. Se é que você pode acreditar. Mas é o que me contaram, então me vejo obrigado a repetir, por respeito à sua prestigiosa audiência. Deixo aqui, porém, o meu protesto.

Os contrabandistas e navegantes que neste fim de mundo aportam adoram lidar com padres — como se fossem amuletos da sorte — e isso facilitava as negociações e desfazia as tensões. Por isso, João dos Piratiningas tinha aquele padre de estimação sempre consigo quando descia a Serra de Paranapiacaba.

O Pajé Acauã, que desprezava o Frade Simião, só não tinha ainda envenenado o desgraçado — como era seu hábito secreto com todos que ousavam enfrentá-lo — por medo da fúria que poderia provocar em João dos Piratiningas.

Padres eram coisas raras de se obter neste lugar e muito boas para os negócios como em todos os lugares. Sua morte causaria problemas demais. Entretanto, se um dos dois, o Pajé Acauã ou o Frade Simião, aparecesse morto um dia, todos saberiam que o outro seria o responsável, tamanha era a silenciosa animosidade que os unia.

Acauã era como um alquimista que manipulava as ervas e plantas da floresta com habilidade ímpar. Preparava remédios milagrosos para curar as doenças da carne e do espírito. Também produzia o veneno que os índios usam na ponta das suas setas e outros ainda piores, capazes de envenenar um regaço inteiro e os inimigos que ousassem acampar rio abaixo das tropas dos tupiniquins.

Mas de todas as crianças que seguiam desaparecendo, Bacharel, teve uma, em especial, que causou muito mais alarme na população da aldeia do que qualquer outra que tivesse desaparecido antes.

Tanto que, durante muito tempo após o ocorrido, continuou-se a discutir ao redor das fogueiras na aldeia se o que houve naquela noite fora um acerto pior ou melhor do que o habitual. A prosa esquentava e as diferenças se mostravam particularmente intensas devido à maneira como ocorreu o fato.

Para os índios, aquele tinha sido um óbvio acerto de contas com os gênios da floresta. Perdiam-se horas e horas retraçando a história do menino, a história de seus pais e de seus avós, vasculhava-se o passado em busca do momento exato em que algum deles despertara a ira dos espíritos da floresta de tal maneira que eles se vissem obrigados a enviar-lhe tão pesada e certeira cobrança.

Em duas oportunidades durante as cauinagens, quando as palavras e as ideias ficavam amaciadas pela insanidade da amarga bebida fermentada de mandioca e frutas, o rum desses índios, a discussão terminara em briga. Numa delas, um homem perdeu o olho direito, vazado por um dedo com uma unha particularmente pontuda.

O que se diz, Bacharel, é que na noite anterior o menino desaparecido da aldeia tinha levantado durante a noite para cagar na beira de um dos riachinhos que passava no costado da mata atrás da aldeia e que descia escorrendo para se encontrar com o rio, mais para a frente no vale.

Caminhava sua caminhada ligeira de menino, apertando os passos por conta do serviço inadiável que construía dentro de si. O estômago fazia barulhos. Pisou numa pedra pontiaguda e deu um grito. Seguiu seu passinho mancando.

O curumim chegou ao riacho e atravessou-o feliz por sentir a água gelada aliviar a dor do ferimento que lhe sangrava a sola do pé. Parou alguns segundos para deixar a água lhe amortecer a dor e sentir o perfume doce da água corrente.

Já na outra margem, seguiu trotando até o lugar onde gostava de cagar. Por que será, não é, Bacharel, que até nós, homens civilizados, criaturas plenamente diferenciadas dessas bestas, guardamos como eles essas pequenas semelhanças, como gostar de cagar num certo lugar ou numa certa hora?

Uma vez conheci um marinheiro de Roterdã que se cagava toda vez que fazia sexo. Pobre-diabo. O corpo o confundia e misturava os desejos e toda vez que ele tinha dinheiro suficiente para foder uma puta, bem quando ia gozar um jato de bosta explodia do rabo como um chafariz, manchando o teto de estalagens e bordéis do Porto de Marselha até os pântanos do Tâmisa, na chuvosa Londres. Em poucos anos, ficou conhecido por todo o Mediterrâneo e pela costa atlântica da Europa e acabava tendo que pagar muito mais caro do que qualquer outro homem para satisfazer as necessidades sexuais. Tais são os mecanismos do fabuloso mercantilismo moderno, dessa era tão avançada em que vivemos, Bacharel. Notícias se espalham rapidamente e a reputação de um homem vai junto com elas. Quem se caga para gozar, paga mais caro para dormir.

Pois aquele menino, como o marinheiro de Roterdã, tinha um ritual que o inspirava a fazer a bosta deixar-lhe o corpo. Ele gostava de fazer as necessidades perto de uma enorme gameleira na beira do riacho. Chegou e foi logo se acocorando para soltar a obra.

Foi bem nessa hora que a onça atacou.

7

Cajuru — era esse o nome do menino, Bacharel — não viu e nem ouviu o roçar do vestido da morte escorregando sorrateiro pelo mato, em sua direção.

A onça saltou-lhe por trás, conclusiva. Cravou os dentes direto no topo do crânio do indiozinho e apertou as mandíbulas numa mordida que fez o barulho de um pequeno mastro quebrando. Com uma mordida só, perfurou escalpo, quebrou os ossos da cabeça e injetou os dentes miolos adentro. Por cima da cabeça, do mesmo modo que elas gostam de matar as capivaras que caçam pelas bordas dos rios.

O menino entrou imediatamente num estado de confusão total. Tanto que, ainda com a mandíbula da onça a sacudir-lhe a cabeça, abriu um sorrisão tão amplo que haveria de se pensar que tinha acabado de achar trinta moedas de ouro dentro de um pote de mel. Tais são as curiosas fumaças da morte, Bacharel.

O visgo quente do sangue lhe desceu pela nuca esquentando o pescoço. Uma força inesperada puxando-o para trás: para dentro do escuro que há por detrás do escuro que se pode ver, arrastando-o para a sombra da floresta, onde nem a cauda prateada da lua ousava luzir.

Sentindo o chacoalhar da cabeça e ainda sorrindo seu sorriso de bobo da corte, tentando entender o que estava acontecendo, o menino Cajuru soltou um gemido longuíssimo e muito agudo, um silvo que expulsou o resto de vida que havia dentro dele — um som que não se originou da sua própria vontade e motivação, mas como uma última expressão de seu corpo já desarmado de mentalidade. O som de toda a incompreensão humana.

Pois foi esse tenebroso gemido que acordou Yawara. O menino-demônio, como sempre, dormia com os cães no seu canto afastado da aldeia.

Yawara se levantou assustado com o barulho e resolveu ver de onde tinha vindo aquele som terrível. Pegou sua faca, porque sempre pegava sua faca antes de sair para qualquer lugar. Era seu bem mais valioso: presenteada pelo próprio João dos Piratiningas. Uma arma feita de metal, Bacharel, ferramenta civilizada que os índios ainda hoje não dominam. Desceu na direção do riacho, de onde tinha vindo o barulho. Yawara, uma assombração de doze anos de idade.

Enxergou um vulto embaixo de uma enorme gameleira, que, com outras árvores predadoras, fazia questão de ostentar seus predicados.

Você conhece a gameleira, Bacharel? Ela cresce enroscando seus galhos nas árvores próximas para, em seguida, começar a consumi-las até, finalmente, engolir o corpo das vítimas. Um canibal vegetal.

Mas aquela gameleira era especial. Seus galhos abertos haviam crescido e se enroscado entre a galhada de dois enormes ipês. A gameleira, num movimento lento demais para ser percebido na contemplação dos homens, mas certo demais para seus próprios fins, aos poucos entrelaçara seus ramos nos troncos dos dois ipês, puxando-os para si, para perto do seu tronco, até arrancar as raízes das duas árvores do chão ao seu lado e transformarem-se, as três juntas, numa coisa só. Uma família onde a mãe sufocou os filhos com seu amor. Os dois cadáveres arbóreos agora integrados ao tronco da gameleira, cada um de um lado. Não deixava dúvida quanto à sua posição naquela floresta, a disposição certa para sobreviver em Pindorama, que é como os índios chamam este continente. O lugar onde a árvore devora a árvore, a onça devora o curumim e o índio devora o homem.

Yawara tirou a faca da cintura instintivamente quando seus olhos miraram o pé da árvore predadora.

Ele viu ali uma coisa que pouca gente um dia verá: uma onça preta. Um espírito muito antigo e sombrio. Talvez o próprio Anhangá aparecendo na forma do jaguaretê. Yawara já tinha ouvido falar do jaguar preto. Mas nunca tinha visto. Ninguém na aldeia tinha visto. Bichos raríssimos de se encontrar. Talvez nem as outras onças e os macacos de Piratininga tenham visto coisa parecida. Ou talvez só tenham visto quando já era tarde demais.

Aquela onça preta, no entanto, não era preta. Dizem que nenhuma é. A luz da lua, descendo por entre as folhas da gameleira, dedilhava seus pelos curtos e lustrosos, revelando o corpo todo malhado, como o de um jaguaretê qualquer, mas pintado em sussurros de negrume: preto vazio, cor de pau queimado e urucum. Pelo tamanho, grande, maior ainda do que os cães onceiros, com a cabeça agigantada, Yawara soube que se tratava de um macho. Pela cor dos dentes, bem amarelados, avaliou também que era muito velho.

Mas a mente desses índios, Bacharel, é povoada por misticismos e Yawara suspeitou que ali quem o encarava não era um simples animal. A situação toda em meio à alta noite sugeria que espíritos malignos poderiam estar em ação. Particularmente aquele que se transforma para realizar o mal, o espírito velho, devorador de índios.

"Anhangá. Anhangá. Anhangá. Eu sou gente", ele sussurrou para si mesmo.

Foi então que Yawara viu o que não queria ver.

No escuro, não tinha notado que o bicho que servia ali de jantar para a onça preta não era um bugio ou uma capivara. Era Cajuru, o único amigo que tivera na vida.

Cajuru tinha a mesma idade que Yawara e desde pequeno fora a única criança da vila que se arriscara no convívio e no trato com o indiozinho amaldiçoado por todos. Yawara nunca viria a descobrir, mas a amizade que Cajuru formou com ele só existiu por influência do Pajé Acauã, que, como eu lhe disse, Bacharel, era bom de barganhas. Acauã barganhou com Cajuru dando-lhe mimos e presentes até fazê-lo amigo do menino conhecido como o demônio-cão.

Ao ver o amigo sendo devorado pelo espírito enviado das trevas, Yawara não gritou, não correu, não chorou.

Andou de volta até o local onde tinha visto uma taquara grossa de uma braça de comprimento caída ao lado da trilha e voltou para perto da gameleira.

Parou e acocorou-se a uns cinquenta passos de onde a onça ainda controlava o que restou de Cajuru. Com a faca, que estava sempre afiada, começou a cortar uma ponta aguda na taquara. Feita a ponta, a taquara se transformou em uma lança com pelo menos o dobro do tamanho do menino. Yawara parou em pé e, em silêncio, olhou fixamente para a sombra onde estava o bicho, que por sua vez parou de comer o amigo e passou a olhar de volta para Yawara.

O animal contemplou a figura do indiozinho, que o contemplava de volta com desfaçatez. Apesar de ter apenas doze anos, Yawara já era do tamanho de um homem baixo e talvez mais forte.

Se as onças pensam, Bacharel? Não sei. Mas se pensarem, ela deve ter pensado: ali está um bicho igual ao bicho que estou comendo. Só que aquele bicho ali não cheira como este. Aquele bicho cheira como outro bicho. Cheira a perigo, gritaria e morte.

Porque chegava até a onça a catinga dos espíritos demoníacos, filhos de Ahó Ahó, com a loucura de seus latidos incessantes. Yawara cheirava a cachorro.

A onça deve ter dado particular atenção aos olhos daquele menino, Bacharel. Olhos que não se declaravam nem bem verdes nem talvez amarelos, nem exatamente cinza e nem quase marrons. Olhos cheios de infinitos dentro de infinitos. Que olhinhos eram aqueles que ousavam fitá-la como nenhum outro animal da floresta jamais ousara? Aquilo para ela certamente era uma novidade no mundo.

Yawara olhava para a fera diretamente, enxergando dentro dos olhos dela os olhos de todos os seus antepassados através dos tempos, até a origem do mundo. Vislumbrando lá dentro a própria energia original da vida que nós, homens brancos e civilizados, sabemos que veio da palavra de Deus, mas que esses bugres insolentes insistem em dizer que sempre existiu. Respirava cadenciada e silenciosamente, olhando para o animal mais bonito que já vira em toda a vida. Foi como uma paixão fulminante ocorrendo durante um velório, Bacharel. O melhor dos momentos na pior das ocasiões.

A onça olhava. O menino-demônio olhava de volta. Contemplava na sua frente um resumo completo da história do mundo ali descrita em minúcias de violência e cartografada em sangue para seu entendimento e navegação.

Sentiu latejar sua própria carne, emanando vida, percebeu o cheiro do próprio hálito e uma nova rigidez nos músculos. Sentiu os ossos estruturando-se em vontades e o sangue a vagar-lhe os membros alertando-o para a existência da vida. Sentiu suas entranhas, com vísceras retorcendo-se em dobras, e a pele do corpo todo queimando, como se estivesse sob as águas geladas de uma cachoeira. Sentiu o galope torto da paixão batucando no coração.

Yawara começou a andar firme, mas lentamente, em direção à onça preta com sua lança improvisada. O cotovelo direito dobrado, a mão direita na base da lança, o braço esquerdo esticado à frente, na direção do inimigo, pronto para se abaixar ou erguer a lança a qualquer momento projetando-a a partir do punho direito. Era assim que faziam os galantes lanceiros lusitanos quando se punham a empalar mouros para livrar a gloriosa Portugal da escória maometana. João dos Piratiningas foi quem o ensinou sobre aqueles guerreiros.

Mesmo sabendo que não é possível matar uma onça com uma lança feita taquara, ele caminhou na direção do riacho e para logo além dele, o horror. Parou em pé dentro do riacho, tão próximo da cena que conseguia sentir o cheiro das fezes e do sangue de Cajuru. A água fria queimava-lhe a pele dos pés e canela.

Yawara, como todos esses índios, acreditava fervorosamente que o Anhangá, mesmo sendo um espírito maligno e perigoso, não entraria na água, por medo de Sukuyu'wera, espírito protetor das águas e mãe de todas as cobras. Apostou tudo nessa certeza.

A onça-preta estava se cansando daquele constrangimento. Alimentação é matéria da intimidade até para os animais, Bacharel. Nada pior do que ter que chutar um mendigo que fica esmolando enquanto se almoça numa taberna. A pantera então largou os restos da presa, levantou-se e veio pisando suave e vagarosamente até a beira do riacho para investigar melhor aquele intruso insolente, ainda incerta de quem ali seria o predador inconteste. Os ossos de seus ombros dianteiros erguiam-se e abaixavam-se sob o couro das costas com um balançar ao mesmo tempo belo e ameaçador. Os olhos de predador, colocados ali por Deus, bem na frente do crânio de modo a nunca perder suas vítimas de vista, miravam Yawara.

Chegou ao cascalho rolado da margem e ali parou. Estava a uma distânca tão curta que com um salto poderia terminar esta história toda ali mesmo.

"Anhangá. Anhangá. Anhangá. Eu sou gente", repetiu Yawara pra si mesmo em reza, desejo e desespero.

A onça ergueu a cabeça para cheirar melhor seu antagonista. Não rugiu e nem rosnou: soltou um ronco gutural grave e longo como os cânticos dos monges gregorianos. Um som que emanava frustração e curiosidade, como se propusesse uma questão que Yawara deveria responder se soubesse falar a língua das onças.

Em seguida, começou a caminhar para trás, afastando-se de Yawara sem parar de encará-lo. Finalmente, já próxima do corpo inerte de Cajuru, virou-se agilmente e entrou para o mato: se misturando ao seu meio como um peixe que desaparece na lama do rio sem que os nossos olhos entendam o que se passou.

Ali, espraiada sobre mofos e raízes, uma espuma escarlate contornava os pedaços disparatados do que um dia fora um menino inteirinho e vivo. Um menino chamado Cajuru, que fez amizade com um diabo por conta de uma barganha proposta por um homem santo e que acabou pagando um preço maior do que podia pagar.

Yawara decidiu ali, naquele exato momento, que os espíritos da floresta haviam contraído uma enorme e profunda dívida com ele. Uma dívida que ele estava determinado a cobrar. Ponderou, no entanto, que para esse fim ele ia precisar da ajuda de uma mulher que andava, lutava, caçava, se vestia e cortava os cabelos como se fosse um homem.

Seu nome era Raíra e ninguém sabia manejar a lança chamada zagaia tão bem quanto ela.

8

Perceba, Bacharel, que esse leão do Brasil chamado onça não costuma comer gente como os lobos, os leões, os ursos e nem mesmo como os míticos e gigantescos *Panthera tigris* rajados que dizem habitar as enfeitiçadas florestas das Índias Orientais.

Mesmo sendo o rei destas selvas tropicais, a criatura tem apetites refinados. Como você bem sabe, todos temos nossas peculiaridades alimentares. Essa fera não é exceção. Prefere comer a capivara, o jacaré, o tatu e o gigantesco tapir, que uns chamam de anta; prefere até mesmo as tartarugas, que mata de uma mordida só — tão possante é sua dentada que quebra o casco da criatura, atravessa-lhe a carne e a mata de uma só tacada. Até as tartarugas do mar ela é capaz de devorar quando vêm desovar na praia. Mas seu paladar exigente não inclui gente nem índio, veja você.

Guarda, porém, semelhança com os índios daqui, que têm o hábito nojento e insalubre de se banhar constantemente, mais um de seus inúmeros e terríveis maneirismos bestiais. Como eles, a onça também gosta de água e procura estar sempre perto dela.

Agora você entende, Bacharel, o espanto dos índios? Um bicho que não come gente comer um menino daquela maneira? Só poderia ser algum tipo de recado enviado das profundezas da floresta. Aquela onça-preta era uma mensageira. E a força ancestral que enviou o bicho até o menino decerto ainda está por aqui rondando a gente, Bacharel, com sua loucura acesa estalando nos galhos das árvores. Anhangá é o nome que lhe dão. É um diabo ardiloso e mutante que espalha o medo por toda esta terra.

Mas como é que se faz para caçar um bicho desses, se é que é possível? Possível sabemos que é, mas não com os arcos e flechas, instrumentos de caça preferidos desses índios.

Yawara, por viver apartado dos outros meninos da aldeia, demorou mais tempo do que o normal para pegar o primeiro arco nas mãos — enquanto os outros indiozinhos já manejavam a arma desde os três anos de idade, Yawara só começou aos cinco ou seis.

Novamente por intermédio e graças do Pajé Acauã, que fez chegar até ele um arco um pouco maior do que o menino, feito na mesma proporção dos que usam os adultos — a arma deve ser do tamanho do caçador ou um pouco maior do que ele. Bem diferentes das nossas.

O menino não perdeu tempo e até recuperou algum, dado que não realizava outras atividades que não nutrir o ódio e afagar a solidão. Ele sentia cada flecha disparada como um passo acertado em direção ao seu destino inequívoco de operador da morte.

Logo Yawara já estava matando macacos, araras e até os velozes tucanos que passavam zunindo como dardos pretos riscando o azul do céu. Isso, por si só, um feito prodigioso.

O arco é feito da madeira de uma palmeira, revestido com trançado de tiras de casca de guembepi e tiras da taquara takuapi, presas com cera. A corda é feita com fibra de imbira. Uma arma com a maquinação apropriada para atingir a caça de longe nessa mata espessa.

Já as setas são muito variadas, escolhidas de acordo com a presa que estão a perseguir. Yawara tinha setas de criança ainda, sem pontas. Uma ideia até que inteligente, não é, meu caro Bacharel? Imagine os petizes a mandar flecha uns nos outros por conta de pequenas discordâncias e escaramuças do dia a dia? Se não soubéssemos diferente, Bacharel, poderíamos pensar que há até um semblante de juízo rondando a cabeça oca dessas bestas-feras.

Os grupos de caçadores saem pela mata por vários dias atrás do sustento. Quase todo o tempo dessa gente é gasto a foder, a banhar-se ou a procurar comida. Não me espanto que não desenvolvam as ciências e as artes da agricultura moderna e outras marcas das civilizações avançadas como a nossa.

Uma vez na mata, os caçadores buscam os locais em que vivem e se alimentam os animais que estão a caçar. Conhecem os alimentos da preferência de cada um, distinguem o cheiro das fezes de um e de outro. Sabem imitar com perfeição a língua dos bichos, talvez porque, ainda que esses índios tenham aparência muito similar à nossa — evidentemente não à imagem e semelhança de Deus Nosso Senhor —, eles sejam parte integrante da floresta tal e qual os outros animais. Com ela se misturam, pois são todos, animais, plantas e índios, uma coisa única em si mesma.

Assim vão por aí em correrias. Sempre atrás do que comer. Os porcos do mato, tatus, pacas, antas e jacarés eles caçam com flechas de ponta lisa e lancetada, que saem facilmente da carne dos animais mais cascudos ou grossos de couro. A ferida fica aberta enquanto o animal corre sangrando até morrer. Eles rastreiam o bicho e o recolhem já nos finalmentes, sem o perigo de ter que enfrentar um animal acuado.

Quando o cardápio é de macacos, gatos selvagens ou bichos mais ágeis, eles usam flechas de ponta dentada, que o bicho não consegue arrancar do corpo e termina por se ferir espanando por aí na galharia das plantas.

Já as de ponta rombuda, eles usam para caçar pássaros, pois elas não enroscam na copa das árvores e vão caindo facilmente junto com a presa até o chão.

Até a chegada dos cães de João dos Piratiningas, os índios nunca tinham visto animais usados para ajudar na caça. Quando viram o que João era capaz de fazer trabalhando com os cachorros no mato, não tinham como não ficar admirados e até assombrados, Bacharel. Imagine se vissem as centenas de sabujos que qualquer condezinho italiano usa para correr pelos bosques atrás de javalis e faisões. Decerto que morreriam como galinhas assustadas. Dentre os motivos de João dos Piratiningas ser um dos principais da aldeia e de ter recebido como esposa uma filha do famoso Tibiriçá, cacique dos tupiniquins, saber caçar com cachorros certamente foi um dos mais importantes.

Caçar uma onça, Bacharel, no entanto, é assunto mais complicado e especializado. Por conta de o bichão normalmente não oferecer perigo para a tribo, que está sempre junta, nem aos caçadores, que ganham o mato em grupos, caçar a onça acaba por ser mais uma questão de vaidade do que necessidade.

Caçadores de onça são muito respeitados. Entre esses pelados daqui, um homem vale mesmo é pela reputação que construiu para si na caça e na guerra, e não por direito de nascimento ou posição.

Nada parecido com o que acontece em nossas terras, não é, Bacharel? Lá não. Do jeito que o sujeito nasce, o sujeito vai morrer. Pelo menos até pouco tempo atrás, antes de surgirem essas maravilhas da navegação moderna que são as naus portuguesas, que permitem aos jovens de todo continente fugir para viver aventuras muito além da guilda local dos carpinteiros, muito além do arado do pai, muito, muito além da légua e meia de distância da vila onde nasceram, que risca no chão uma fronteira que a vasta maioria nunca cruzará. As naus permitiram que jovens europeus, como você e eu, pudéssemos viver nossas aventuras e desventuras nos lugares onde os sonhos e os pesadelos são criados, muito além das pousadas que os olhos e a imaginação de nossos pais e avós alcançavam. Você bem sabe, não é? Se hoje a sorte não nos acompanha nesta noite, ambos sabemos que encontrar o próprio fim numa aldeia de selvagens canibais nas úmidas e misteriosa florestas tropicais habitadas por animais inacreditáveis e demônios inomináveis é muito mais honroso e desejável do que morrer com as febres quebrando pedras no roçado congelado dos pais. A vida sem ambição ou curiosidade é a morte mais lenta e dolorosa que existe.

Caçar uma onça, de certa forma, é embarcar numa nau em busca de aventura. É viajar pelas matas para impor o terror na própria casa onde o terror nasceu.

Por ser tarefa duríssima, ainda mais para um menino de doze anos, Yawara se viu numa situação que muito o desagradava: a de ter que pedir ajuda para outro índio. Acontece que para caçar uma onça você usa uma lança especial, Bacharel. E Yawara tinha apenas seu pequeno jogo de arco e flechas, já um tanto desproporcional para o seu tamanho e a faca de metal que ganhara de João, sua posse mais valiosa.

A zagaia é uma lança curta e fina, com uma ponta em forma de faca de dois gumes, feita de osso, pedra ou madeira mais dura. Os gentios da África, negros como betume, usam uma similar para caçar as feras colossais que lá habitam. É de lá que vem o nome. Não é ferramenta para iniciantes. Se o caçador erra na estocada ou se, por um infortúnio, não acerta numa parte vital do animal, como o pescoço, o peito ou o ventre, cravando-lhe a ponta com firmeza, o coitado não vai ter segunda chance de operar a sua arte. Por isso, quem sabe usar a zagaia com destreza é muito respeitado e temido. Começam treinando com caça mais fácil, como cachorros-do-mato, e vão aos poucos aperfeiçoando a coragem e a habilidade para enfim enfrentar a onça.

Não havia dúvida nenhuma naquela aldeia de quem deveria ser procurado como a maior autoridade no uso e manejo da zagaia. E você não vai acreditar, Bacharel, mas eu juro: era uma mulher. Uma mulher chamada Raíra.

Raíra se destacava de muitas maneiras e a sua habilidade extraordinária com a zagaia era apenas uma delas. Cortava o cabelo à moda dos homens, era alta como os homens, porém mais esguia, trabalhava na caça com eles, lutava nas guerras ao lado deles, tinha até um caralho postiço que amarrava na frente das vergonhas, feito com uma tira enrolada de couro de anta, que passava pela virilha e que amarrava na frente e atrás, no cinto de couro fino que os homens da tribo usam para amarrar seus caralhos para cima de modo a não se machucar nas balançadas correrias e lutas.

Quantos não terão sido os inimigos que, espantados por ver um homem com peitos de mulher no campo de batalha, não vacilaram por um segundo e assim deram a ela tempo suficiente para matá-los? Muitos e muitos, Bacharel.

A única rotina que Raíra cumprira em sua vida, dentre as rotinas e destinos desenhados para as mulheres, fora a de dar à luz uma criança. Mesmo assim, pariu uma única filha. E só, nunca mais emprenhou. Sua filha também era distinta: era a mais linda menina que havia por ali e, uns diziam, em qualquer lugar. Tinha cinco ou seis anos a menos do que Yawara. Seu nome era Iara.

Diziam as más línguas da aldeia que o pai da menina Iara era o Pajé Acauã, que com certeza haveria de ter barganhado com a mãe, de um modo ou de outro, a produção daquela criança.

Raíra não era uma mulher para se tomar à força, Bacharel, sob o risco de vê-la arrancar seu pau e comê-lo bem na sua frente, como dizem que fez com mais de um confiado que tentou. Como eu disse, o Pajé era dado a negociatas e escambos da maior complexidade e estava ali mais uma prova ambulante: a pequena Iara.

Há de se convir que abordar uma mulher, qualquer mulher, já não é tarefa das mais simples. Especialmente quando dela se espera algo. Ouço dizer que já é dado como ciência certa pelos sábios da Universidade de Wittenberg que só a Santíssima Trindade reunida poderia deliberar ao certo quais são os ventos que comandam as naus onde navegam os pensamentos das mulheres. Arrisco-me a dizer, Bacharel, que nem elas mesmas sabem. Carregam o mistério da Criação explodindo por trás dos olhos — onde ainda murmura o som da palavra do Senhor, o som da própria Criação, o som do caos que fez tudo existir num vendaval e que nelas nunca vai parar de soprar como parou nos homens.

Raíra propunha um desafio ainda maior para Yawara: como formar amizade com uma mulher que era também um homem, um guerreiro, uma mãe e, ainda por cima, uns dez anos mais velha do que ele, muito mais forte e sem sombra de dúvida a melhor operadora da zagaia da qual se tinha notícia.

9

Deus nos testa e nos ensina de muitas maneiras. Como saber se estamos levando uma vida correta, no lugar correto e da maneira correta? Como entender se somos o que somos por impulso próprio ou apenas por deixar a correnteza dos fatos e das vontades dos outros nos levar por aí? Se são estas aqui mesmas ou se não seriam outras as aventuras que deveríamos estar perseguindo? Se é campo fértil ou areia movediça o terreno que aguarda nosso próximo passo? Se nossos desejos são a ambição do Todo-Poderoso ou chamamentos do Anjo Caído nos arrastando para sua alcova no Inferno? Como cegos caminhamos pela floresta sombria, Bacharel, sem saber decerto se o que desejamos é o perfume da vida ou o veneno da morte.

Raíra, como eu disse, era atípica de muitas maneiras. Era riquíssima em divergências com a existência banal. Matou guerreiros afamados, caçou onças maiores do que ela e reinou com os caçadores por todo esse desertão em expedições de caça. Mas a maior proeza foi simplesmente ter sobrevivido até a idade adulta.

Repare, Bacharel, repare bem nesses índios. Não repare no que vê. Repare no que não pode ver: não há diferenças e nem diferentes entre eles. Onde está o perneta, o vesgo, o desfigurado, o afeminado, a mulher-do-avesso, o sodomita que se veste de mulher? A resposta é: não estão.

A floresta faz das diferenças no grupo um luxo extravagante. Um luxo pelo qual outros haverão de pagar. Então, esse povo prático e vaidoso resolve do seu jeito.

As índias dão à luz sozinhas no mato, de cócoras. Arrancam o cordão do bebê com os próprios dentes. Inspecionam a criança de cima a baixo. Encontrando qualquer defeito já matam a criatura como se fosse um gato vadio ou a galinha do almoço. Devolvem para a floresta aqueles que índio completo não podem se tornar.

Os velhos que se encontram cansados demais ou doentes demais para continuar a andar são deixados nas redes quando os índios resolvem correr acampamento para outras bandas. Se despedem dos familiares e esperam a fome ou os bichos, ou os dois, virem buscá-los, sem a força para correr nem a vontade de se defender. A falta de compaixão é a compaixão deles. Porque a floresta é o todo, e o todo deve ser sempre maior do que o um.

Quem não sabe disso e olha para eles põe-se a admirar como são bem formados, como são fortes e sem defeitos graves todos eles. Livres dos sodomitas, dos melancólicos, dos aleijados e dos doidos: porque todos eles têm o mesmo destino dos bebês e dos velhos.

Raíra devia sua sobrevivência principalmente à sua enorme ferocidade. Das formas de diálogo entre os homens, a violência é a mais difícil de ignorar. Desde que amadureceu e começou a receber as investidas dos índios interessados, fez de tudo para se livrar do assédio. Mas só conseguiu assumir o controle do seu corpo quando assumiu o controle do corpo dos outros, pois é esse o argumento incontestável da violência. Tanto que mais de um cadáver ela se viu obrigada a ocultar antes mesmo de crescerem-lhe os peitos completamente. E mesmo que os assassinatos entre os índios de uma mesma tribo sejam uma raridade, ninguém desconfiou de nada porque nesse lugar a morte dá seu bote a cada curva.

Aprendeu o uso das armas sozinha, trabalhada e concentrada na raiva que sentia do mundo e que o mundo retribuía com entusiasmo. Aprendeu a se esconder, se camuflar e andar pelas sombras.

Aprendeu a lutar com ou sem armas. Aprendeu, mormente, a representar um perigo tal para quem quer que tentasse se opor a ela que o risco de contrariá-la era o preço da própria vida. Raíra era sua própria tábua de leis e por isso demandava respeito.

Com Raíra era sempre melhor deixar para lá. Tal qual encarar uma onça, só se propunha a enfrentá-la quem precisava provar alguma coisa para si mesmo ou para os outros. Mas, diferentemente da fera, Raíra tinha, além das habilidades para matar, a inteligência para a intriga e a aptidão para a maldade que só as mulheres têm. Raíra tinha o reflexo da morte estampado nos olhos.

Com a morte e a vida na balança para ver o peso a cada desentendimento, a tribo toda entendeu por bem aceitar as diferenças impostas por Raíra. Naquela disputa, a morte tinha mais a ganhar do que a vida. E conforme ela mesma foi se entendendo e se aceitando, Raíra foi se integrando ao mundo dos homens, da caça, da guerra, da luta — mundos que seu desejo escolheu para ela e que ela aceitou sem nunca questionar. Passou a cortar o cabelo como os homens e a usar a cinta que lhe prendia para cima o caralho de faz de conta. Pensou muito e longamente em tentar foder mulheres, coisa que muito a interessava, mas nunca conseguiu propor seu plano de uma maneira que interessasse as outras. Como os homens eram mais acessíveis e mostravam-se sempre interessados — sim, porque o jeito dela interessava muito aos homens —, fodia os homens.

Mas não de qualquer jeito.

Raíra concebeu um jeito de foder que era o único que ela admitia. Mandava o interessado deitar-se de costas no chão com as pernas abertas e os pés erguidos bem para o alto, como se fosse uma mulher arreganhada ou um sabujo de caça a receber afagos na barriga. Ajoelhava-se entre as pernas abertas do homem, puxava-lhe o caralho totalmente para baixo até enfiá-lo na boceta lisa de índia. Daí, mexia o próprio quadril para a frente e para trás, para a frente e para trás, suas mãos firmes como as de um ferreiro na parte de trás das coxas do homem, mantendo-o deitado com as pernas para o alto e imóvel. Uma das vantagens dessa posição para ela é que o homem tinha dificuldade em erguer a cabeça e observá-la durante o ato.

Essa posição dominante também garantia que o amante não teria outras ideias, pois dada a maneira que se organizavam os corpos o homem ficava vulnerável a todo tipo de atrocidade. Raíra sempre considerava todas as possibilidades de antemão e isso era uma das coisas que fazia dela uma grande caçadora. Só fodia com uma ponta de flecha serrilhada escondida dentro da boca. Alguns infelizes descobriram a arma oculta da pior maneira possível.

A visita da morte chama o sexo, Bacharel. É ou não é? Dado o seu estado, não precisa responder. Vou responder por nós dois: é.

Durante as expedições de caçada, em dias de muito sangue nas mãos, muita comida para levar de volta, Raíra fodia lá dois ou três companheiros de caçada que escolhia conforme as suas vontades. Um de cada vez. Sempre longe dos outros. Sempre em lugares pré-escolhidos por ela como adequados para responder ao oco dos olhos dos bichos com o impulso da vida, sem correr perigo. Depois de um tempo, o comportamento se tornou rotineiro para ela e para os outros caçadores. Isso fez com que as mulheres da aldeia, que a odiavam a plena potência, a odiassem ainda mais, talvez não por ciúmes dos maridos e irmãos, que esses índios parecem desconhecer, mas por poder viver a vida emancipada dos homens, proibida para elas.

Mas assim são as vontades da espada da liberdade, sempre em contradição com a balança da justiça, uma precisando da outra para existir, mas as duas existindo em eterno conflito. A justiça variando conforme a qualidade do povo que a impõe. A liberdade variando conforme o livre-arbítrio de cada um, que ao usá-lo decide se vai subir a escada que leva aos Céus com os querubins, os serafins e os outros anjos ou descer, para longe da vontade divina, entregando-se aos prazeres bestiais, como bem escreveu meu pai.

Raíra era livre. O guerreiro que era mulher impôs sua espada contra a balança da justiça daquela gente.

Sabe, às vezes eu penso que esses bugres são feitos à nossa imagem e semelhança, assim como nós dois, Bacharel, fomos feitos à imagem e semelhança do Senhor. Pense: nós jamais conseguiremos compreender as operações perfeitas da obscura mente de Deus ou o projeto que essa mente tem para cada um de nós. Já esses índios, tão parecidos com gente que chega a dar aflição, foram criados para almejar ser como nós, buscar a imagem e semelhança do homem branco. Não posso deixar de imaginar que um deles, cedo ou tarde, aprenda a nos imitar com tal perfeição que será impossível distinguir o seu pensar do nosso. E esse índio terá atingido algo divino e superior a sua posição original na Criação. Coisa que nós, filhos de Deus, jamais vamos conseguir.

Devo confessar, Bacharel, que, para mim, a história de Raíra tem um valor especial porque eu também nasci de uma negociação confusa.

Aqui peço licença para me desviar um pouquinho da rota e contar-lhe algo pessoal visto que você é, sem dúvida, o melhor e mais atento ouvinte que já encontrei em minha longa e picaresca vida. Sinto-me verdadeiramente atado a você, Bacharel, e a essa nova amizade criada em circunstâncias tão extraordinárias.

Porque eu, Angelo, o Vermelho, sou o fruto do amor entre dois homens, intermediado pelo profissionalismo de uma prostituta de cabelos vermelhos — de um vermelho que só viu igual quem do alto das colinas assistiu a Roma queimar por seis longos dias durante o Grande Incêndio.

10

Vanozza, a Vermelha, minha mãe, era mais uma filha da vida, como existem tantas outras em cada parada do mundo, até mesmo na pequena Montepulciano, o lugar mais maravilhoso da Itália. Nasceu no mesmo dia em que minha avó Giulietta morreu. Assim são os partos. Mesmo para quem não nasceu da boca de um cachorro no meio da guerra, a chegada não é menos sangrenta. Vanozza foi criada dentro do prostíbulo onde começou a trabalhar aos oito anos de idade. Foi inaugurada por um açougueiro gordo com o dobro do seu tamanho. Isso aconteceu bem antes da outra inauguração que marcou sua vida: a da esplendorosa nova igreja de San Biagio, orgulho de todos nós montepulcianos.

Minha mãe era uma puta, Bacharel, e dizer isso para você não me causa qualquer constrangimento. Vejo pelo arregalar dos seus olhos que você não compartilha da minha tranquilidade com tal condição. Mas o que se há de fazer, não é? Mãe não se escolhe. E o que seria do mundo sem as putas, não é mesmo? Talvez nem mundo fosse mais. E filhos da puta? Abundam em toda parte. Uns de nascença como eu e outros que acabam por morrer nesta mesma condicão. Seu espanto não me afeta.

Graças a Vanozza, a Vermelha, sou quem sou. Disso muito me orgulho, pois o que dela recebi — apenas este corpo — nunca me faltou até aqui, carregando-me firme pelas dobras e costuras do mundo todo. Dela herdei não só a cabeleira ruiva, que me nomeia, como a disposição física vantajosa dos sobreviventes. Vivi por toda parte em que é possível se viver, Bacharel. Não houve peste que me derrubasse, mas essa é outra história. Cheguei inteiro até esta avançada idade de quarenta e sete anos, coisa muito rara, ainda gozando de boa saúde e de vigor para empreitar meu caminho apesar dos contratempos. Estou na correria das aventuras há trinta e três anos, desde que, aos catorze, embarquei pela primeira vez numa nau oceânica. Uma vida inteira de inesperados e descobertas! E pelos três últimos anos tenho vivido aqui, entre esses canibais, comendo sua ração pobre e acompanhando sua vida tosca e bruta. Aprendi sua língua, seus costumes e lendas. Foi assim que vim a conhecer em detalhes tão profundos e íntimos a saga do demônio Yawara, que todos os índios insistem em me contar e recontar: cada um garantindo que tem um conhecimento íntimo e particular capaz de acrescentar um colorido ainda mais fulgurante a essa saga.

Mas, agora, se eu tenho a cabeça muito boa e a mentalidade organizada e próspera para os pensamentos, as ideias de curso longo, os causos mirabolantes, as mentiras argutas; se guardo de memória longuíssimas anedotas, poemas, toadas e até alguns livros inteiros da Bíblia Sagrada, cometidos à memória, esses talentos devo a meu pai, o excelentíssimo Giovanni Pico della Mirandola.

Um homem tão precioso que o próprio rei de toda a França, Carlos VIII, interrompeu o cerco que fazia a Florença, mandou seus exércitos pararem as movimentações e enviou seu médico pessoal para tentar curar meu pai do misterioso mal que o afligia em seu leito de morte.

Mais do que tomar aquela república insubordinada comandada pelos Médici para si, Carlos VIII desejava a joia mais preciosa ali guardada: a mente de meu pai.

Para além de certamente ser o homem mais inteligente de que se tem notícia em recentes séculos, Giovanni era também um homem belíssimo — herança que, como você bem pode ver, não me transmitiu. Usava longos cabelos castanhos caindo-lhe aos ombros, tinha olhos verdes, era alto e forte, forte demais para um poeta. Um homem que por seus talentos, predicados e oportunidades deles decorrentes, provocava paixões devastadoras e se entregava a elas.

Como você sabe, Bacharel, um herói é apenas do tamanho do seu maior inimigo. Muitos pensam que o maior antagonista de meu pai foi o papa Inocêncio VIII, que mandou recolher e retirar de circulação as novecentas teses que compõem a sua grande obra *Conclusiones Philosophicae, cabalisticae et theologicae,* onde ele conseguiu juntar os conhecimentos advindos de todas as palavras de todos os profetas relevantes, em todas as línguas, sobre o significado da vida sob a proteção de Deus Pai. O papa Inocêncio, invejoso de tamanha proeza, acusou-o de vaidade e mandou a Inquisição atrás dele. Mesmo assim, não foi seu maior inimigo.

Não, Bacharel, a paixão foi seu algoz. Mais de uma vez durante a vida quase encontrou um fim ainda mais precoce do que o precoce fim que encontrou. O amor, em suas muitas formas de pulsão, foi quem deitou meu pai nos braços da morte. Foi esse o veneno que tomou muito antes de tomar o veneno que, acredito, lhe seviram. Para matá-lo, sim, para matá-lo, Bacharel.

Se existiu um primeiro homem já ajustado ao entendimento deste mundo velocíssimo e descontrolado em que nos encontramos, Bacharel, esse homem foi Giovanni, meu pai.

Em seu *Discurso sobre a dignidade do homem* foi o primeiro a explicar adequadamente por que Deus criou o homem depois de ter criado o todo das coisas celestiais, da realidade terrena e dos ambientes das plantas e dos animais viventes. Segundo ele, feito o trabalho da Criação, Nosso Senhor sentiu-se como um escritor incapaz de se satisfazer com seu livro sem que houvesse pelo menos um leitor. Resolveu criar então uma criatura que fosse capaz de lhe admirar a obra tão plena.

Porque a palavra é a Criação e a Criação é a palavra. Sem um leitor, a palavra não existe.

Por isso, Bacharel, o homem está no centro de tudo. No centro da palavra. No centro da Criação. O homem é o único leitor de toda a Criação.

Mas Nosso Senhor decidiu que essa criatura, o homem, não seria como os serafins, resplandecentes com o brilho da compaixão. Nem seria como os querubins, repletos de inteligência e conhecimento a lhes guiar o voo. De fato, não seria igual a nenhum dos outros anjos. O homem que o Senhor resolveu criar seria diferente também das plantas, das bestas, dos minerais, dos índios e até da onça-preta.

O Senhor precisava de uma criatura capaz de se maravilhar com as proezas que sua palavra originou. Mas para merecer tamanha dádiva — contemplar as palavras da Criação divina e vislumbrar o próprio existir — teria o homem de se esforçar por si só usando as ferramentas da compaixão, do amor, do intelecto e da justiça. Por isso, o Todo-Poderoso deu à criatura a faculdade mais especial de todas: o livre-arbítrio. A capacidade de escolher por suas ações os caminhos que percorrerá através do seu próprio destino.

O homem tomaria o caminho de suas escolhas. Subir as escadas e ascender aos Tronos da Justiça, acompanhando o movimento ascendente dos querubins iluminados e dos serafins compassivos ou tomar o caminho inverso, descendo tão baixo quantos as bestas diabólicas. Este seria o desafio central daquele que foi criado para admirar a maravilha da Criação.

Mas, mesmo sendo brilhante o bastante para enxergar a razão que inaugurou esse novo mundo com o homem ao centro, ao contrário de Raíra, o emérito Giovanni Pico della Mirandola não conseguiu negociar sua vida com as forças de oposição. Terminou envenenado.

Precisaríamos dele aqui hoje para entender este mundo tão veloz, onde continentes são descobertos ano após ano; onde, semana a semana, novos bugres de todos os tipos, formas e cores são avistados e conquistados para o serviço de Nosso Senhor Jesus Cristo; onde barcos moderníssimos, que até ontem eram inimagináveis, agora singram oceanos, antes intransponíveis, em questão de meras semanas; onde livros são multiplicados na máquina de Gutemberg.

Que tipo de mente estaria preparada — fora a mente do próprio Senhor, inexpugnável tal qual uma fortaleza da Nortúmbria —, que tipo de inteligência ímpar, Bacharel, estaria alerta o bastante para perceber tudo o que iria acontecer por causa da máquina que o alemão Gutemberg inventou? A incansável máquina de multiplicar e imprimir livros. Que espalha palavras, memórias, heresias, loucuras e mentiras numa velocidade tão grande que a verdade nunca poderá penteá-las todas para reconhecer se há uma virtude qualquer escondida no imenso emaranhado de escrita sem fim.

Eu lhe digo, Bacharel, quando tiraram dos escribas a função de copiar os livros que mereciam ser copiados e passaram a multiplicá-los infinitamente na máquina diabólica de Gutemberg, foi aí que o mundo principiou a acabar.

Dizem que deveria ter acabado no ano da graça de 1500 conforme toda a ciência adivinhatória e a leitura profética dos sábios da Igreja, da Cabala e do Talmud concordavam no fim do século passado. Todo mundo acreditou. Você se lembra? Deve se lembrar.

Mas o mundo não acabou na data programada. As mais altas patentes da previsão do imprevisível perderam tanto em prestígio quanto os judeus de Roterdã perderam ouro, já que, por conta desse equívoco, deixaram de patrocinar muitas expedições que, acreditavam, o apocalipse interromperia.

O mundo é de quem põe os barcos na água a despeito do apocalipse iminente, Bacharel, ouça o que eu digo. Mesmo que seja certeiro que um mundo como esse que está se formando não possa durar muito.

Esses livros todos, Bacharel, vão criar escritores e escritores e escritores sem fim. Até que Dante seja igual ao seu vizinho. Até que Homero seja igual ao catador de cadáveres da rua. Até que Cícero seja igual ao dono do bordel. Até que Ésquilo seja igual ao cobrador de impostos. Até o dia em que no mundo haverá apenas escritores e nem um leitor sequer.

Esse será o dia do Juízo Final.

Muitos rogam suas pragas e têm suas críticas, não sem razão, aos feitos do finado Lorenzo de Médici, o Magnífico, senhor da casa dos Médici, *primus inter pares*, primeiro cidadão da República Florentina, Timoneiro do Mundo. Mas são todos homens menores estes que atiram pedras aos pés do gigante.

Se meu pai desvendou com palavras o projeto do Senhor para a humanidade, devemos isso também a Lorenzo de Médici, seu protetor e patrono, que mais de uma vez brandiu sua espada e derramou sua prata para salvar o grande Giovanni de suas próprias paixões.

E não foi só meu pai que Lorenzo cultivou. Dentro de seus cofres e jardins fez florescer os gênios de Poliziano, Michelangelo Buonarroti, Sandro Botticelli e Leonardo da Vinci, entre tantos outros artistas, pensadores e poetas. Eram, cada um deles, uma joia capaz de revelar o infinito.

Como Nosso Senhor Jesus Cristo, Lorenzo sabia que o maior tesouro que um homem pode ter é a companhia ao seu lado na ceia.

Pois imagine então, Bacharel, o nível de qualidade do homem a quem Lorenzo, o Magnífico, delegou a educação dos próprios filhos. O escolhido foi um poeta, Angelo Ambrogini, apelidado Poliziano, pois é assim que os fiorentinos chamam todos os montepulcianos.

Quando as mentes de meu pai e de Poliziano se encontraram, Bacharel, foi um encontro raro de necessidades, entendimentos, acolhimentos e solidões. Uma união profunda e urgente entre os dois únicos homens capazes de ler todas as palavras de Deus num mundo às escuras.

Mas Giovanni não era um sodomita convicto. Essa paixão lhe surgiu tarde na vida. Talvez apenas em reflexo à paixão de Poliziano. Antes de se apaixonar por ele, se apaixonou muitas vezes, sempre pelas mais belas donzelas dos principados de toda a Itália. Uma das vezes, enamorado da esposa de um primo do próprio Lorenzo, tentou com ela escapar de Arezzo, onde a bela dona morava com o marido corno. Mas o caso terminou muito mal, pois, quando Giovanni tentou fugir da cidade com a donzela, acabou capturado pelas tropas do *cornuto* e surrado sem clemência nas masmorras do anfitrião. Só não foi morto por intervenção do próprio Magnífico. Demorou quase um ano para se recuperar dos ferimentos.

Foi logo após sua recuperação e retorno a Florença que a amizade entre Giovanni e Poliziano se tornou mais do que o encontro de mentes. Poliziano sempre preferiu o amor dos homens e não tardou a desejar encenar aquela paixão também na cama com meu pai. Só um poeta, que vive dentro da própria cabeça, para achar que as necessidades do corpo entendem, ou reconhecem, os amores do pensamento.

A sodomia fora das prisões, acampamentos militares, navios de escravos, orfanatos e cidades saqueadas é uma coisa muito mais complicada do que parece, Bacharel. Requer um empenho dos participantes que nem sempre está disponível em ambientes acolhedores. Pelo que entendi, Giovanni não conseguia concluir corretamente seus negócios com Poliziano, posto que, enquanto suas mentes estavam entrelaçadas pelo mais puro amor, o comando de invasão não lhe descia até o caralho. O querer dos pensamentos não conversava com o querer do corpo.

A solução para o dilema se deu pelo intermédio de Vanozza, a Vermelha, considerada a puta mais bela e fogosa de toda a região.

Como as misturas mágicas que os alquimistas preparam em suas cavernas na Capadócia, a introdução daquela mulher de cabelo escarlate na cama dos dois permitiu que corpos e mentes se organizassem de uma nova forma e que as paixões todas ali presentes se concluíssem de uma melhor maneira para todos. Poliziano podia ser possuído pelo homem que amava. Giovanni tinha uma mulher quente o bastante para entusiasmar seu corpo a ponto de ser capaz de amar Poliziano também na carne. Vanozza tinha o dobro do pagamento habitual. Todo mundo ficava satisfeito.

Nesse leito se desenharam dois destinos. Primeiramente o de Giovanni, Poliziano e Vanozza, agora engatados nos paradoxos de um amor complexo e proibido. O outro foi o meu — fruto do acaso, do amor de dois homens, da vida cruel de Vanozza, da coleção de gênios da Casa de Médici, dos conhecimentos que só são acessíveis a quem comanda vinte e duas línguas, da perseguição de um papa e até da máquina demoníaca de Gutemberg.

Penso eu que se as novecentas teses de Giovanni não tivessem sido impressas na máquina, as treze teses recusadas pelo papa não teriam importância. O que significam treze teses dentro de novecentas? Quase nada. Mas uma vez que as ideias entram na máquina de multiplicar livros, é muito difícil detê-las. Elas correm o mundo infestando as mentes, preocupando as noites, incentivando os conspiradores, assustando os imbecis.

Meu pai teve a enorme honra de ter sido o autor do primeiro livro impresso na máquina de impressão por tipo móvel a ser banido pela Igreja em sua história. Até no banimento, sagrou-se imortal. Teve oportunidade de se desculpar, mas sua remissão mais pareceu uma confirmação da retidão de suas teses contestadas. Então a Igreja mandou a Inquisição atrás dele e sua fuga, por tortuosos caminhos, o levou até os braços de Lorenzo, Poliziano, Vanozza e da morte.

E me trouxe até aqui, nesta mais longa das noites, ao seu lado, iluminado pelo fogo que os canibais mantêm aceso por medo do Anhangá, onde reconto minha vida para você, Bacharel, mas também para mim e também para Deus, Todo-Poderoso.

Que Ele me absolva de meus pecados e me perdoe também se me desviei do melhor caminho. Que Ele perdoe você também, Bacharel. E que você me perdoe por estar aqui a devanear quando deveria estar lhe contando como Yawara teve que levar uma flechada pra convencer Raíra a lhe ensinar a matar uma onça com a zagaia.

11

Raíra não mascava a mandioca para fazer o cauim, como todas as outras índias, durante a preparação da bebida que antecedia as festas onde inimigos eram assados e devorados. O cauim é o fermentado amargo com gosto de leite azedo que os índios usam para se embebedar durante os banquetes para festejar nascimentos e guerras. É a cerveja deles, Bacharel.

Só as mulheres podem mastigar a mandioca. Eles acreditam que, se um macho mastigar o insumo, a bebida estraga. Raíra participou dessa cerimônia até que sua transição para o grupo dos homens estivesse incorporada aos hábitos da aldeia. Desde então, nunca mais foi convidada nem voluntária para mascar a mandioca. Ninguém reclamou.

O cauim estava sendo preparado para acompanhar o banquete: um francês que havia sido capturado numa guerra contra os índios chamados tupinambás. Os índios preferiam comer os portugueses, mas, desde a integração de João dos Piratiningas ao bando, o cardápio havia sido renovado para privilegiar europeus diversos, deixando os da península Ibérica apenas como segunda opção, ou falta de opção mesmo.

Yawara aguardou que a bebedeira de cauim estivesse bem encaminhada antes de tentar se aproximar de Raíra.

"Eu sou gente!", ela gritou nas três primeiras tentativas de aproximação.

Na quarta, virou-lhe um soco na cara. Yawara se esquivou. Raíra ficou impressionada com a agilidade do rapazote. Deu um grande sorriso. Esperou Yawara sorrir também antes de mandar outro soco, de supetão. Outra esquiva. Irritou-se e partiu para cima dele. Yawara se esquivou de todos os golpes, como se fosse mesmo um espírito. Desviou-se de chutes e cabeçadas. Ela então correu atrás dele. Ele correu mais. Jogou areia na cara dele. Errou. Seguiu alternando suas espertezas: ofegou falsamente para fingir cansaço e atacar subitamente, sorriu com as mãos abertas ao lado do corpo e tentou um bote, virando de costas e fingindo desistir da surra que estava, a cada momento, mais decidida a aplicar no petulante menino-cachorro.

Logo os convivas passaram a acompanhar a disputa rindo da incapacidade daquela guerreira temível, porém bêbada, de dar cabo do espírito-que-morde. Risadas ecoavam, menos quando Yawara se aproximava dos grupos. Nessas horas, os bêbados gritavam "Eu sou gente!" e se afastavam da confusão.

Até que Raíra viu um curumim brincando com seu arco e flecha. Tomou o brinquedo da criança. Yawara, vendo aquilo, saiu em disparada em direção ao seu canto afastado da aldeia.

A flecha sem ponta acertou Yawara na nuca, e o susto, mais do que o impacto na cabeça, fez com que ele caísse para a frente, rolando em uma cambalhota ridícula e se estatelando de costas, espraiado como um couro de anta secando para virar escudo.

A aldeia inteira morreu de rir do desenlace. Menos Yawara, que logo estava de volta rondando Raíra. Agora sem dar as costas para ela. Voaram mais quatro ou cinco setas, das quais ele habilmente se esquivou, antes de a guerreira se desinteressar de puni-lo pela ousadia de se aproximar e afinal voltar a beber.

Mas os cachorros são insistentes. Yawara aprendeu com eles. Seguiu o dia inteiro tentando se aproximar de Raíra, navegando círculos cada vez mais próximos ao seu redor.

Finalmente, Yawara viu Iara brincando com outras crianças que ajudavam as mães nos preparativos para o banquete. Muitas das crianças mais novas não consideravam Yawara tão repelente quanto os mais velhos. Para elas, Yawara era só mais uma coisa que já estava no mundo quando elas chegaram. Achavam natural sua presença do mesmo jeito que nós, do mundo moderno, aceitamos naturalmente a existência de um arcabuz ou de um canhão, enquanto quem nunca viu uma arma de fogo sendo operada muito se espantaria.

Yawara sabia que tinha algo muito valioso para trocar com Iara e resolveu tentar uma barganha. Conversou com a menina e logo chegaram a um acordo. Ele voltou até sua cabana, resgatou o item preciso e o levou até a menina, que analisou o objeto e fechou negócio. Iara foi levar o recado do menino a Raíra. Não existe melhor meio de comunicação com as mulheres do que outras mulheres, não é, Bacharel?

Iara chamou a mãe, que notou o estranho colar feito com dentes de cachorro ao redor do pescoço da menina, mas preferiu não perguntar. Ouviu o que ela tinha para dizer. Enquanto ouvia o apelo de Iara, virava os olhos nas órbitas como fazem os pais chamados a remediar as questões que a família lhes impõe.

Yawara, sentado embaixo de um jequitibá-rosa, recostado no tronco da árvore, distraía as mãos com sua faca e olhava intensamente para a dupla conversando. Viu que Raíra passou a olhar para ele enquanto falava com Iara. Quando as duas terminaram a conversa, Raíra fez um sinal para que Yawara se aproximasse dela. O curumim guardou a faca na bainha amarrada nas costas horizontalmente, com o cabo virado para o lado direito, do mesmo modo como João dos Piratiningas usava, levantou-se e caminhou até a destemida guerreira.

"O que você quer de mim, demônio?", perguntou Raíra.

"A zagaia", respondeu Yawara.

"Você quer que eu atire uma zagaia em você?"

"Não. Quero que me ensine a fazê-la e a usá-la tão bem quanto você."

"Para que você quer uma zagaia? Você é muito jovem para essa arma. Essa é uma arma que só cabe nas mãos dos mais corajosos e dos mais preparados."

"Mas eu preciso dela. Tenho que matar a onça-preta que matou Cajuru. Ele era meu único amigo."

Raíra arregalou os olhos.

"Como você sabe que a onça que comeu ele era preta?"

"Eu a vi terminando o serviço bem na minha frente. Não soube como agir. Tentei fazer uma lança com uma taquara."

"Uma taquara?"

"É, eu sei. Era o que havia por perto. Eu preciso fazer uma zagaia rápido e ir atrás dessa onça."

"Preste atenção, demônio, essa onça não é onça. Onça não costuma caçar gente. nem chegar perto das aldeias onde há fugo e barulho. Nem os demônios brancos ela costuma atacar. O que você viu foi um outro espírito maligno igual a você, menino-cachorro. O que você viu foi o Anhangá. O espírito velho da floresta."

"Anhangá ou não, não me importo. A questão é que vou caçar e matar essa onça. E preciso fazer isso logo, antes que ela se embrenhe fundo pela floresta e nunca mais volte. Você pode me ajudar?"

"A caçar o Anhangá? Você está louco?"

"Não. Ajude só com a zagaia. Me explique o que eu tenho que fazer. Eu caço o Anhangá. Não tenho medo. Não preciso de ninguém. Tenho meus cachorros."

"Ninguém consegue matar o Anhangá, com zagaia ou sem zagaia."

"Você não diz que eu sou um demônio? Talvez seja preciso um demônio para matar outro. Vai me ajudar ou não vai?"

"Um demônio para matar outro...", Raíra disse, repetindo as palavras que tinham acabado de sair da boca do menino-fera.

"Me encontre depois de amanhã cedo. Amanhã vamos assar o guerreiro inimigo e festejar. Depois de amanhã eu lhe mostro a zagaia e explico o que fazer com ela. O resto é problema seu."

Bacharel, Bacharel... o brilho que se viu nos olhos de Yawara naquele momento de silêncio após o fim da conversa foi o mesmo que lampejou nos olhos do jovem Balduíno de Bolonha quando decidiu rumar para Jerusalém, desalojar os mouros infiéis da Terra Santa e retomar a mais sagrada das cidades. Balduíno I, rei de Jerusalém, nasceu naquele olhar, muito antes de reconquistar a cidade santa ou ser coroado. Aquele olhar era o luzir do destino traçando uma reta brilhante entre a vontade mais profunda e verdadeira de um homem e a aventura que se apresentava ali, colocada por Deus.

É em busca dessa aventura verdadeira que todos nós marchamos, noite escura adentro.

12

A zagaia é frágil e mortal como uma espiã do papa ou uma cobra venenosa, Bacharel. Uma lança pequena, metade do tamanho dos piques de infantaria que usamos nas guerras da Europa, mas ainda assim maior do que um homem. É também fina para ser atirada a curta distância ou em combate próximo na mata densa. A ponta tem a forma de uma faca de dois gumes, afiada nas bordas e bojuda no meio.

Não é uma boa arma para caçar homens nessas matas. Os arcos e flechas, especialmente os longos que os índios daqui usam, são muito mais eficientes. São longos como os que os ingleses usaram para escorraçar os franceses na famigerada Batalha de Azincourt. Armas de caçador com longo alcance e precisão, adaptadas para a guerra.

A zagaia, por sua vez, é uma arma mais íntima. Seu uso não admite erro. Especialmente quando do outro lado dela se encontra a criatura arquitetada pelo Todo-Poderoso para ser a principal entre os animais.

O sol mal tinha raiado e Yawara estava em pé na porta da cabana de Raíra, postado como um sentinela balançando de um lado para o outro, apoiando o peso alguns segundos num pé, depois trocando para o outro, de forma a tentar pisotear aos poucos a ansiedade.

Raíra demorou a sair. A ressaca de cauim era brava. E o francês não lhe caiu muito bem, deixando-a com uma dor de barriga estranha. Ou seja, não estava no melhor dos humores. O sol já fazia Yawara suar a testa quando ela finalmente emergiu da oca.

Trazia nas mãos a zagaia. Yawara só reparou que estava de boca aberta e queixo caído quando Raíra empurrou seu queixo e fechou sua boca com a ponta do dedo indicador. Foi a primeira vez que Yawara sentiu vergonha, pois em seu trato com os outros índios a vida nunca havia lhe apresentado aquele sentimento estranho. Raíra, vendo a reação do rapaz, riu alto e seguiu na direção da mata. Parou perto de uma bananeira, colheu e comeu algumas frutas. Yawara, ainda sem falar uma palavra, andava olhando para o chão.

Caminharam mata adentro por um bom tempo, em silêncio, até chegar a uma capoeira que se abria perto de um riacho de águas claras.

Raíra bebeu um pouco da água, olhando o curso do rio correr e os peixes de prata e músculo se retorcerem como lâminas vivas entre as pedras. Yawara se agachou, abraçando os joelhos ao lado do imponente guerreiro. Não havia sede no seu corpo que não fosse de sangue.

Raíra voltou-se para ele e começou a explicação. A onça, disse ela, está sempre perto da água. É rápida e forte. Ataca de tocaia, seguindo a presa por um bom tempo sem ser percebida, esperando a melhor hora e lugar para atacar. Seu bote é implacável. A onça, Bacharel, tem pernas curtas como a mentira e por isso não gosta de perseguir as presas em carreiras longas como os lobos. Diferentemente deles também, vive sozinha. Gosta de atacar a presa por cima, abocanhando a cabeça da vítima. Por isso tem predileção pelos barrancos nas beiras dos rios. Se houver um descampado, como aquele onde estavam, ainda melhor. Usa a velocidade e o espaço aberto a seu favor, inclusive se aproveitando dos bichos que fogem para dentro da água, pois ela nada muito bem e a presa perde velocidade.

Yawara teria de aprender a identificar os lugares assim ao redor da vila e tocaiá-los, seguir as pegadas, procurar a bosta do bicho no mato e aprender a reconhecer suas preferências.

Para caçar a onça, Yawara teria de aprender primeiro a ser como a onça. O rapaz ouvia tudo com atenção plena.

Enquanto falava, Raíra foi ficando cada vez mais perturbada com a presença de Yawara. Olhava para seu rosto em busca de aprovação ou dúvida, mas só o que enxergava era o vazio. As palavras saíam de sua boca sem que ela as ouvisse, perdida no rosto do menino-demônio. Tão diferente, mas tão igual a todos os rostos que já vira antes. Um rosto que a lembrava de seu pai e de sua mãe. Definitivamente não o rosto de uma criança. Lábios carnudos e olhos amarelos como o fim de um dia chuvoso refletido nas poças d'água anunciando a noite pelo chão.

Raíra percebeu algo ainda mais perturbador. Pegou-se desejando foder Yawara, querendo seu corpo como queria o corpo das índias da vila, de um jeito muito diferente do sexo que estava acostumada a organizar nas expedições de caça. Um terceiro desejo que ainda não havia se apresentado à sua imaginação se revelava a ela naquele momento.

De fato, ela sempre havia evitado o menino-cão e como todo o resto da tribo se afastava sem pensar assim que ele se aproximava. Agora, ali na clareira, sentia como se estivesse olhando para uma onça. O medo e a vontade de foder e a raiva da vontade de foder com um ser tão inescrutável formando uma emoção para ela desconhecida.

Segurou a zagaia firme nas mãos, que suavam, e prosseguiu com as explicações.

Uma vez que Yawara descobrisse onde teria mais chances de encontrar a onça, deveria prender animais menores em armadilhas e deixá-los amarrados no local que escolhesse para o combate. Poderia fazer isso em mais de um ponto, esperando para ver em qual deles a onça atacaria. Deveriam ser locais próximos o bastante para que ele rondasse todos em um dia de caminhada.

Uma vez que a onça devorasse um dos animais deixados de isca, Yawara deveria levar um animal maior, deixá-lo amarrado e permanecer ali. A onça precisaria sentir seu cheiro e ainda assim se sentir confortável para atacar a presa. Depois de duas ou três refeições sem ser incomodada, deixaria de levar em conta seu cheiro e sua presença. Seria o começo da tragédia da onça.

Raíra se encaminhou para o centro do descampado, de costas para a água, e mandou Yawara segui-la. Era hora de apresentar Yawara à zagaia. Deu a arma na mão dele para que sentisse o peso e a empunhadura. Ele avaliou a lança e a devolveu para Raíra. Mandou então Yawara ficar de frente para ela e de costas para a mata. A onça sairia dali, das sombras da floresta em direção à água para encurralar sua presa. Não haveria aviso.

Mas havia um detalhe mais importante que os outros: no dia da caçada, Yawara seria a isca que atrairia a onça.

Pela primeira vez, Yawara percebeu por que era preciso tanta coragem para empunhar a zagaia. Entre ele e o fim de tudo haveria menos de uma braça de lança.

Foi então que Raíra fez algo que deixou Yawara realmente perturbado. Sentou-se no chão com as pernas dobradas na direção dele. Abriu as pernas, calçando firme os calcanhares no chão, erguendo a cabeça e os ombros como se estivesse prestes a se levantar, contraindo a barriga musculosa. Apontou a lança na direção do peito do garoto e apoiou a base dela no chão, formando uma diagonal com o solo da mesma maneira que colocamos os piques fincados ao redor do fosso de um forte ou de uma paliçada.

Olhando para Raíra, Yawara mal via a fina zagaia apontada diretamente para seu rosto. A onça também não veria. Veria apenas um animal lhe oferecendo a barriga desprotegida, como é a barriga de quase todos os animais que caça. A fera saltaria para cima dele e, quando cometesse esse erro, seria perfurada de baixo para cima. Ou seja, o caçador não arremessa a zagaia contra a onça. A onça é que salta sobre o caçador e termina atravessada pela lança. Nessa hora, o caçador deve dar-lhe uma estocada firme seguida de um giro de corpo para o lado, para que o bicho, atravessado pela lança, não caia em cima dele.

A boca de Yawara estava aberta de novo. Aquele queixo agora estava dando para cair sempre. Por dois motivos, Bacharel. Primeiro pela formação do entendimento da complexidade e artimanha daquela emboscada. Segundo, porque Raíra apresentava-lhe sem se dar conta a boceta aberta escapando pelas laterais da tira de couro que usava no lugar do caralho que não tinha.

Seu pau ficou duro na hora. Aquilo já tinha acontecido antes com ele, mas nunca por uma provocação direta, mais como um soluço que aparece sem ser chamado, mais como a fome, o sono e as outras necessidades que se adiantam do corpo sem avisar a mente.

Sim, Bacharel, estou vendo que você também está boquiaberto. Deve estar se perguntando: como posso saber tantos detalhes? Será que Yawara me contou? Esse bugre não é dado a palestrar. Não, Bacharel, claro que não. Os detalhes vêm da soma das tantas histórias sobre ele, sobre ele e Raíra, sobre como ele e Raíra se tornaram parceiros, as histórias sobre o treinamento de Yawara para a caça e sobre suas aventuras, todas as versões das histórias que ouvi até que a cera dos ouvidos escorresse de tanta repetição. Se são verdade estas minúcias e detalhes, Bacharel? Claro que são. Afinal, a verdade não é o que aconteceu. A verdade é o que a gente acredita. Além do mais, a convivência que tive nesse tempo todo vivendo com a tribo confirmou a matéria-prima dos causos. Sou testemunha de como a presença de Yawara faz com que homens e mulheres se comportem do modo mais inesperado. Sua presença apavora e atrai na mesma medida. As pessoas não sabem se devem correr ou permanecer inertes. Um magnetismo como aquele que as presas sentem pelos predadores. Yawara é o espírito dessa terra onde todas as possibilidades e fortunas podem emergir subitamente, desse lugar onde a natureza é a mais exuberante e sedutora e também a mais mortal e abominável. Atração e repulsa entremeadas nas fibras de cada um de seus músculos.

Mas, voltemos ao pau duro onde paramos.

Raíra ficou muda e manteve a ponta da zagaia apontada diretamente para ele. Não para o pau duro. Para o peito do rapaz. Mas não havia como ignorar a ereção em sentinela entre os dois.

Ela achou que ele poderia, naquele momento, se transformar numa onça ou em algo pior. Por alguns instantes ficaram ali, congelados, com uma lança e um pau retesados entre eles.

Yawara olhou para Raíra. Olhou para o seu caralho. Olhou de novo para Raíra. Olhou para o seu caralho. Balançou a cabeça para os lados negativamente, insatisfeito com o membro petulante. Olhou para Raíra e saiu correndo em disparada para dentro do mato como se fosse o ataque ao avesso de uma onça.

Raíra ainda esperou um pouco em posição de combate. Quando entendeu que o menino-demônio se fora com certeza para não voltar, soltou a zagaia ao lado e olhou para as palmas das mãos esbranquiçadas e formigando, tamanha era a força com que estava segurando a lança.

Deitou a cabeça para trás e soltou um longo suspiro. Fechou os olhos e começou a mexer na boceta com a ponta dos dedos. Escutava o regaço estalar seus ritmos suaves e murmúrios de água corrente, o som macio escorregando lentamente para dentro dos ouvidos e através do corpo em arrepios enquanto os dedos deslizavam mais fundo para matar aquele desejo.

13

Seguindo as orientações do guerreiro Raíra e ainda perturbado pela boceta da mulher Raíra, que se revelara para ele em todo seu esplendor na mais inconveniente das horas, Yawara começou a organizar sua obra.

Primeiro percorreu toda a redondeza da aldeia de Piratininga em busca dos lugares que, conforme Raíra havia explicado, seriam apropriados para a onça caçar suas presas e que, por isso mesmo, seriam os lugares onde a onça também poderia ser caçada.

Em suas excursões levava faca, arco e flecha, arapucas diversas e pelo menos dois dos cachorros, uma dupla que João dos Piratiningas havia deixado sob seus cuidados quando voltaram feridos de uma expedição de apresamento contra os tamoios.

Yawara cuidara bem dos animais, que sempre o viram como uma espécie de cachorro diferente. Após os tratos recebidos na recuperação dos ferimentos, porém, passaram a seguir o menino de uma outra maneira. Chamavam-se Pedro e Paulo, pois João dos Piratiningas os nomeara assim. Tinha uma predileção por nomes de apóstolo, resquício de sua vida de homem branco.

Ninguém gosta de entrar sozinho na floresta, Bacharel, muito menos esses índios, que sabem bem os infinitos perigos que ela esconde. A qualquer momento uma dessas tantas árvores aí, de mais de mil anos e vinte braças de altura, dá de cair e na queda arrastar suas semelhantes num maremoto verde que esmaga tudo sob uma assombrosa vaga de madeira e folhas. Um estrondo súbito e de um segundo para outro lá se vai um grupo de caça, especialmente se for a época das chuvas.

Yawara não conhecia o medo e, creio eu, nunca veio a conhecer. O menino-demônio é que veio para apresentar o medo ao mundo, Bacharel, não o contrário. Mesmo assim, apreciava a companhia dos cães e eles desfrutavam dos passeios. Além disso, os cachorros o avisavam com antecedência da presença de ariranhas, as onças-d'água que habitam os rios daqui, lontras enormes e agressivas que vivem em famílias e não toleram visitas. Sempre melhor contornadas do que encaradas.

A solidão também não incomodava o garoto. Ele cresceu só, sem olhos maternos a adorá-lo, sem os músculos do pai a lhe dar exemplos, pendurado nas tetas de uma velha moribunda, rolando entre as feras, comendo os restos, matando todos os tipos de bichos que alcançava, matando os índios que o ameaçavam, desamarrando cada nó que a vida lhe apresentava por estrita perseverança, sem o benefício da atenção alheia. Lapidado na ação em vez de escorado em perguntas ou palavras. As coisas que aprendia, aprendia bem aprendidas. A faca era sua mão. O arco e a flecha eram seus olhos. Não havia separação. Logo a zagaia se integraria ao seu corpo para deixar de ser uma coisa que não era ele para ser uma parte do que era ser Yawara, do mesmo jeito que Yawara era parte da floresta. Uma fúria mortal única e ininterrupta.

Com a ajuda de alguns meninos da aldeia, construiu arapucas suficientes para a empreitada. Em troca, ensinava-os a construir arapucas diferentes ou melhores do que as que já sabiam fazer. Precisava de iscas para atrair a onça.

Com seu batalhão de armadilhas, diligentemente capturou preás, pacas, micos, tatus, cágados, cachorros-do-mato, gambás e toda sorte possível de bichos pequenos. Um por um, foi visitando os sítios onde acreditava que a onça poderia estar acampada. Limpava as clareiras onde os ataques deveriam acontecer. Buscava estar sempre perto da água. Olhava o desenho do campo para ver se a onça teria como atacar de cima, que é a maneira de sua preferência. Deixava as iscas amarradas nesses lugares, se entocava e esperava.

A floresta tem muita fome. Certa vez, Yawara tinha visto uma aranha comer um rato-do-mato dez vezes maior que ela. A floresta é o combate permanente das fomes. Nisso não é diferente da civilização, não é, Bacharel? Os que têm muito querem mais, os que não têm nada querem ter alguma coisa e mesmo quem parece já ter tudo que é possível ter sofre dessa fome também.

Pense, Bacharel: Mehmed II, o Conquistador, invadiu a Itália e desembarcou tropas para tomar Otranto. Um homem que já tinha tomado para si Constantinopla, a maior e mais rica cidade do mundo no seu tempo, a joia do Bósforo, a capital do mundo. Mas Constantinopla não bastou. Ele quis invadir uma merda de cidadezinha na Itália tal qual um homem que se casa com a mulher mais linda do condado para sair à noite escondido e foder uma porca. A fome nunca passa. A fome é tudo que existe, Bacharel.

Tocaiado, Yawara viu mais de uma onça comer as iscas, mas nenhuma era preta. Aproveitou para ouvir os barulhos do bicho, sentir seu cheiro, conhecer o cheiro da sua bosta, avaliar seu tamanho, medir seus músculos, averiguar seus dentes, entender melhor quanta vontade teria de arregimentar para empunhar a zagaia no dia da vingança.

Sabia, por intermédio dos caçadores da aldeia, que era possível imitar o ronco da onça com perfeição e que elas se intrigavam com isso. Yawara, criado por cães, era exímio imitador das conversas dos bichos, por isso não demorou a conseguir reproduzir os variados rugidos da fera.

Conseguiu também o mais importante: uma zagaia — como sempre, pela interferência de seu protetor discreto, o Pajé Acauã, que, por sua vez, deve tê-la conseguido por meio de algum dos seus intermináveis escambos. Uma arma bem-feita.

Passou a carregar consigo a lança o tempo todo para se familiarizar com o seu peso e criar um elo permanente entre o corpo de madeira e o seu próprio corpo. Dormia com ela ao seu lado também, a nova amante. Dedicou-se a treinar lançá-la a curta distância, começando por acertar animais maiores e menos ariscos como as capivaras, tamanduás e preguiças, paulatinamente se aprimorando até ser capaz de acertar os menores e mais ágeis como os cachorros-do-mato. Testou sua força perfurando um enorme tapir, que tem o couro muito resistente.

Assim se passaram alguns meses de trabalho: tanto no mato como no manuseio da nova arma. Mas ainda não havia sinal algum da onça-preta.

Nesse pouco tempo, novamente Yawara demonstrou extraordinária vocação para as artes da morte. Era bem esse tipo de coisa que deixava os habitantes de Piratininga insones, com pesadelos: a certeza de que o menino-demônio se tornaria uma coisa só com a zagaia, assim como antes fizera com o arco e flecha e com a faca de metal.

Olhe, Bacharel, me espanta que até hoje não lhe tenha caído nas mãos um arcabuz, pois é como se as armas se sentissem atraídas por Yawara, esperando a oportunidade de encontrá-lo para realizar seu destino verdadeiro. Sabe-se lá do que esse índio não seria capaz com um arcabuz alemão de última geração. Poderia estar agora a invadir a França. Não descarto que um dia esse bugre seja capaz de descer até São Vicente e apagar aquele lugar da face da terra. Guarde minhas palavras, Bacharel.

Ao fim do terceiro mês, as convicções de Yawara de que se encontraria novamente com o Anhangá em forma de onça começaram a fraquejar. Já vira três onças diferentes, mas nenhuma era a que procurava. Começou a considerar matar uma delas para ver se assim se sentia melhor. Os riscos, porém, eram muito altos para uma empreitada sem propósito certeiro.

Até que, quatro meses depois de iniciar a missão, numa das clareiras próximas ao rio que os índios chamam de Anhangabaú, uma coisa estranha começou a acontecer. As iscas que Yawara soltava começaram a desaparecer. Mas o bicho que as levava não deixava rastro, não deixava sangue, não deixava sinal nenhum que Yawara soubesse ler. Assim sumiram, como que por magia, duas preás e um filhote de preguiça.

Essa atividade misteriosa começou a consumir mais e mais espaço em sua imaginação: estaria o Anhangá, com suas artimanhas, a fazer molecagens com ele, caçoando da sua ambição de caçá-lo, rindo a risada grave e rouca de espírito velho às suas custas?

Yawara, como eu disse antes, tinha a mentalidade muito prática e resolveu levar a questão até o fim. Amarrou no meio da clareira um tatu com uma corda de algodão presa a uma pedra. Quebrou-lhe as patas da frente para que não se entocasse. Entrou na mata como se estivesse indo embora, como das outras vezes. Andou alguns minutos, depois atravessou o rio e voltou pelo outro lado, subindo em direção à clareira onde estava a isca. Escalou um jacarandá. Do alto da copa era possível observar perfeitamente a clareira onde o tatu estava amarrado. Lá ficou, esperando por quase um dia todo.

O crepúsculo se anunciou. Ele sabia que era a hora que a onça gostava de caçar. Se o Anhangá viesse na forma da onça, apareceria naquele momento: com o dia deitado na corda luminosa do horizonte escarlate enquanto a noite chegava para sufocá-lo com seu ventre.

Observou um pequeno movimento vindo do canto esquerdo da mata à sua frente. Mas o que saiu de lá não era onça nem índio.

Era algo que exigia que se organizasse uma nova criação no mundo, onde então haveria espaço para um animal que, de tão feio, não poderia ser nomeado com as palavras que os homens haviam inventado antes de ele existir.

14

Bacharel, você, como eu, já deve ter visto muitos aleijados por aí. Existem os que já nasceram tortos, numa configuração confusa e imprópria para o exercício da vida; os que voltaram das guerras incompletos — com pedaços faltando, a perna coxa, o olho vazado ou o escalpo retirado; os que sofreram quedas e ficaram enviesados ou corcundas. Enfim, existe toda sorte de infelizes a esmolar na porta de cada igreja do mundo.

Pois o que saiu daquela mata é o que você e eu chamaríamos de um aleijado desgraçado. Mas para Yawara, que, por conta dos hábitos desses índios de exterminar os diferentes, nunca tinha visto nada parecido, aquela aparição foi algo mágico.

O bugre na clareira não era de todo diferente dele mesmo, exceto que era uma daquelas aberrações que nascem com pele, cabelos e olhos totalmente alvos como a neve. Não brancas como nós, mas desprovidas de quaisquer outras cores que não o branco. Era coxo das duas pernas, com os pés retorcidos para dentro e para trás, o que lhe propunha um andar dançado, pendular, para lá e para cá. A pele era branca, branca, branca, e luminosa como uma igreja recém-caiada. Os olhos puxados apresentavam um amarelo ainda mais claro do que o dos olhos de Yawara.

Yawara reconheceu ali alguém que veio do mesmo lugar que ele, como um judeu de Antioquia reconhece outro dos seus em qualquer lugar do mundo sem precisar ser apresentado.

A criatura caminhou até o tatu com um pedaço de pau e terminou de matar o bicho de uma vez por todas. Enquanto descia o bastão, sorria ansioso agitando rápida e furiosamente as sobrancelhas brancas.

Yawara pôde ver que seus dentes, verdes e sujos, tinham a forma dos dentes do peixe que os índios chamam piranha: triangulares e pontudos.

A criatura se acocorou. Enfiando os dedos por entre as brechas da armadura esfacelada do tatu, puxou um pedaço de carne das costas e se pôs a mastigar com os dentes pontiagudos e verdes. O vermelho do sangue do animal manchava o rosto branquíssimo, deixando-o parecido com uma puta com a pintura do rosto manchada depois de uma noite de festa. Passou as mãos sangrentas nos cabelos e assim eles ficaram da cor do fogo: vermelhos e com mechas amarelas dançando por dentro do escuro do sangue.

Qualquer índio teria se cagado de medo ali mesmo, ou morrido de susto como uma galinha que encontra um lobo dentro do galinheiro.

Yawara não. Assistia à cena como uma beata assiste à missa, sem entender uma desgraçada palavra em latim, mas mesmo assim olhando apaixonada o padre declamar suas odes e reprimendas na língua dos anjos.

Yawara desceu cuidadosamente da árvore mesmo estando longe o suficiente para não ser notado. Seguiu rio abaixo, cruzou as águas e voltou por dentro da mata para se aproximar do monstro pelas costas, deixando o rio como único espaço de fuga do capão de areia. Fez o que uma onça faria.

Quando chegou na beirada da capoeira, Yawara montou flecha no seu arco e veio caminhando pelas costas do animal. Fez pontaria. Mas o bicho virou a cara para ele no momento exato em que a corda do arco esticou.

Eles se olharam olhos nos olhos. A criatura ficou paralisada como um veado quando suspeita que está sendo observado. Yawara também. Ficaram se fitando assim por um tempo.

Uma assombração tentando não assombrar outra. Dois demônios se cortejando no baile do Inferno.

Yawara mandou flecha.

Mas não onde você está pensando, Bacharel. Virou a arma num giro para o alto e acertou um bugio grande que assistia ao encontro da dupla do alto de uma árvore mascando jabuticabas. A seta foi certeira e o bicho caiu de uma só vez. Quando se estatelou no chão, as jabuticabas que segurava rolaram ao redor se espalhando como um colar de pérolas que se rompe.

O demônio de cabelos-de-fogo seguia completamente congelado, como se a imobilidade fosse uma forma sobrenatural e eficiente de invisibilidade. Yawara pegou o macaco do chão e levou-o até perto do demônio. Jogou o bicho para ele, como quem joga um pedaço de carne para um cachorro bravo, guardando uma distância ajuizada. Ali parou.

Ficaram os dois por um tempo se olhando. A única coisa que se mexia eram os olhos amarelo-claros da criatura que olhavam para Yawara, depois para o macaco, depois para Yawara, depois para o macaco, depois para Yawara enquanto as sobrancelhas subiam e desciam com a velocidade das asas de um colibri. Fez isso por um tempo constrangedor. Subitamente, a criatura esticou a mão e puxou o macaco para perto de si.

Vendo isso, Yawara se levantou, deu-lhe as costas e se embrenhou de volta no mato rumo a Piratininga.

15

Raíra não era ela mesma por aqueles tempos. Ou ele mesmo. Fato é que se viu vulnerável diante do menino-demônio, ela não conseguia mais agir naturalmente. Sentia-se confusa e desconcentrada. Distraía-se facilmente quando algum outro índio puxava conversa. Perdeu a fome. Dormia mal. Parou de fazer sexo com os caçadores.

Só não perdeu mais popularidade porque compensava seu comportamento arredio com morte, muita morte, Bacharel. Caçava e caçava e caçava. Nenhuma vida escapava de suas flechas. Era como se as flechas soubessem o que os animais iam fazer antes de fazerem e se antecipassem aos seus movimentos mais obtusos. Matando uma fome, distraía os companheiros para que não pensassem na outra. Mesmo assim, as caminhadas dos bandos pela floresta ficaram mais silenciosas e soturnas — a cama de amantes que dormem em silêncio após um desentendimento.

Foi numa dessas expedições que Raíra caçou uma arara-azul. Seria corriqueiro se ela não tivesse flechado o pássaro, que é uma das coisas mais lindas que o criador preparou para a apreciação dos homens, não por necessidade, mas por gosto, como pisoteamos um rato que atrapalha um jogo de cartas num navio. Sem pensar que aquilo é vivo. Matando só pelo prazer basal de extinguir outra vida para vê-la cessar enquanto a sua própria prosseguia.

Os índios daqui não entendem a floresta como outra coisa que não eles mesmos. São uma coisa só com ela, sem começo nem fim, sem fronteira que desenhe o corpo de um no toque do outro, como os fios entrelaçados do destino que as fiandeiras tecem nas histórias que os nórdicos contam dos seus deuses fajutos para seus filhos.

É do costume deles, Bacharel, não matar o que não precisam comer. Imagine se vissem as caçadas fajutas que os príncipes puxa-sacos de toda a Itália oferecem ao pútrido papa Borgia, com guarda-caças escondidos arrebanhando javalis e veados, cercando os bosques com panos e fazendo todo tipo de maquinação engenhosa para compensar a falta de pontaria e habilidade do desgraçado. O circo da morte para um bufão se entreter. Ficariam revoltados, Bacharel, revoltados.

Sabendo do pecado que cometeu — desculpe nomear assim as atividades dos bugres, Bacharel, porque afinal tudo que fazem é pecado, mas é para dar um melhor entendimento do causo que apresento —, Raíra ficou ainda mais confusa e atônita. Achou que tinha afrontado os espíritos da floresta e que Yawara fazia parte de um destino trágico que se prenunciava para ela. Desde que começara a lidar com ele, caíra num redemoinho infinito de contradições.

Mas o que o destino botou no seu caminho, Bacharel, foi o pior pesadelo de qualquer caçador: o Curupira — o demônio guardião da caça que vem cobrar os que matam os bichos por maldade. Um demônio que os índios que habitam essas florestas garantem ser real.

Estava com três índios pescando na beira do rio que chamam de Tamanduateí quando, na outra margem, avistou a criatura. Tinha os cabelos cor-de-fogo, os pés virados para trás e dentes verdes. Seu rosto era cadavérico como o de um velho moribundo. O corpo era o de um menino magro, ainda não homem-feito.

Raíra avistou-o olhando diretamente para ela, da outra margem de um rio que se abria mais raso, com bancos de areia nas duas margens e uma parte profunda no meio, onde a água mais escura corria acelerada, separando os areais. Não conseguiu gritar, chorar nem deixar o hábito comandar o corpo para mandar flecha no demônio. Congelou. Sabia que ele estava ali para cobrar a morte da arara-azul. E que a dívida era dela e de mais ninguém.

Os pés virados para trás do Curupira deixam pegadas ao contrário que confundem os perseguidores. É crença daqui que os caçadores que o encontram no mato não conseguem mais voltar para a aldeia e vagam perdidos até a morte. Outros dizem que ele pode ser enganado com um novelo de cipó enrolado com as pontas para dentro, o que distrai a fera, como distrairia um gato ou uma criança, enquanto o caçador foge.

Assim ficaram se olhando, a índia que era índio e o menino com fogo no lugar dos cabelos. Até que Raíra gritou.

"Cu-ru-pi-raaaaaaaaaaaaa."

A criatura deu um salto e fugiu, se misturando à floresta antes que o trio de caçadores pudesse avistá-la, entretidos que estavam com a pontaria nos peixes. Correram para acudir Raíra. Ela contou o ocorrido e os outros caçadores ficaram assustados, trocando rapidamente as flechas de pesca por outras de caça e mantendo as setas na corda.

Decidiram que precisavam voltar rapidamente para a aldeia e se consultar com o Pajé Acauã. Raíra iria de olhos fechados, com uma das mãos apoiada no ombro de um dos índios, como um cego, de modo a não se perder do grupo, desconfiando dos próprios olhos — que agora carregavam dentro de si a visão maléfica do Curupira.

A jornada de volta foi lenta, longa e perturbadora para os quatro. O assunto e os causos do Curupira monopolizaram as conversas ao redor das fogueiras naquela noite.

Raíra caiu com febre e se recolheu à sua oca, deitada na rede. Iara cuidava da mãe, que também era seu pai, praguejando contra os espíritos da floresta, contra o Curupira e contra qualquer um que se aproximasse de Raíra.

Depois de uma semana nessas circunstâncias, uma sombra se desenhou na porta iluminada da oca de Raíra. Tinha os ombros largos e o tamanho de um guerreiro adulto, porém com os membros esguios e elegantes como os de uma mulher. Além disso, mesmo visto apenas em silhueta, era possível observar suas juntas enormes, nos joelhos e cotovelos, que sugeriam que seus ossos cresceram antes do que o resto do corpo. Não era um homem. A sombra pertencia a um curumim de apenas doze anos. O último índio que Raíra desejava ver pela frente.

16

Yawara se aproximou do guerreiro mais temido da aldeia de Piratininga com muito cuidado. Mesmo enferma, Raíra era uma faca afiada cujo manuseio requer atenção constante de todos que não desejam ver o escarlate do próprio sangue escurecer em contato com o ar. Trouxe como presente alguns peixes e animais que caçara, sabendo que ela deveria estar precisando para comer ou mesmo trocar por outras coisas. Fez isso em silêncio, colocando os presentes no chão perto dela sobre uma peneira de palha trançada.

Sentou-se no chão, de pernas cruzadas, olhando atentamente para Raíra. Percebeu que sentar de pernas cruzadas tinha sido uma má ideia, pois não teria tempo de reagir rápido caso Raíra o atacasse de súbito. Mas não quis se mexer para não demonstrar preocupação. Aceitou o perigo.

Raíra cumprimentou-o com a habitual ladainha.

"Eu sou gente. Eu sou gente. Eu sou gente", seguiu repetindo por um tempo na tentativa de que o diabo-cão sumisse da sua vista. Como em todos os casos, não funcionou. Ficou em silêncio emburrada boa parte do dia, com Yawara sentado no chão próximo a ela.

Finalmente falou, pois dentro dela também habitava uma mulher que não aguentou o impasse e decidiu tentar feri-lo com a mais letal das armas femininas: as palavras.

"O que você quer de mim, demônio? Isso é tudo culpa sua. Os espíritos da floresta se viraram contra mim depois que aceitei ajudar você a caçar o Anhangá. É a sua maldição que está me arrastando para os braços da morte. Não quero mais ver você na minha frente, curumim desgraçado. Assim que eu melhorar, pretendo caçar e esfolar você, seu animal diabólico."

Yawara permaneceu impávido. Ela, evidentemente, não se aguentou e continuou a discursar.

"Se não bastasse ter que conviver com você, agora o Curupira está atrás de mim! Sim, eu matei uma arara-azul por gosto, só para vê-la morrer, só para não ter mais aquela vida tão perfeita me afrontando com suas plumas desaforadas. Eu nunca fiz isso antes. É a sua maldição que me contaminou. E agora o Curupira veio me buscar. Eu vi o Curupira com meus próprios olhos. Ele me olhou de volta. Só estou viva porque sou uma caçadora. Já teria me matado se não fosse. Ninguém aceita um índio que é uma índia. Mas eu sou uma ótima caçadora. Pelo menos, eu era. Até você aparecer, seu bosta de anta desgraçado. Ninguém aqui me aceita de verdade. Apenas me suportam. Todos querem me ver morta. Se eu não voltar a caçar, logo vão me matar. Isso é certo", disse, parando para deixar as palavras ressoarem no silêncio.

"Se eu não puder mais caçar, o que vai ser de mim? Não posso mais voltar a ser mulher. Não tenho o que fazer. O que você sugere, Yawara, seu cu-de-bugio fedorento? Que eu me torne uma assombração que nem você, vagando por aí aguardando uma traição ou acidente me levar? Juro, eu vou arrancar o seu couro. Eu vou..."

Yawara se levantou subitamente, interrompendo o discurso raivoso de Raíra. Então falou:

"Eu conheço o Curupira. Ele é um espírito da floresta como eu. Posso barganhar com ele e pedir para que não amaldiçoe você."

"É mentira. Ninguém pode fazer isso. Você não é assombração. Você é só mais um índio desgraçado esperando para enfiar o pau em mim. Mais um curumim que mal cresceu e já quer sair emprenhando a primeira índia que aparecer pela frente. Eu vi aquele dia na floresta. Eu vi o que você quer."

"Eu posso, sim."

"O quê? Enfiar esse caralhinho em mim?"

Yawara ficou ruborizado e silenciou por um instante para se recuperar da revoada de verdades que Raíra lhe atirava na cara. Revirou os olhos e continuou.

"Eu posso fazer o Curupira desistir de você se você me ajudar a caçar a onça-preta que matou Cajuru."

"Duvido. É mais uma mentira."

"É verdade. Eu encontrei o Curupira lá perto do rio Anhangabaú. Ele gostou de mim, eu sei."

"Você está completamente louco, seu cão amaldiçoado."

"Eu tenho como provar. Você só precisa prometer que vai caçar a onça-preta comigo. Eu explico para você exatamente o que precisa fazer."

"Você tem que prometer que nunca vai enfiar o caralho em mim", disse Raíra, imediatamente se arrependendo do que disse.

"Eu prometo", retrucou Yawara numa velocidade tal que entristeceu e alegrou Raíra ao mesmo tempo.

"Quando eu melhorar, vou procurar você."

"Aprendi muito nesses tempos. Tenho praticado tudo que você me ensinou. Estou honrando as suas palavras e os seus ensinamentos."

"Sai daqui, demônio fedorento. Eu sou gente!"

Yawara se dirigiu à porta da oca, onde parou por alguns instantes enquanto o crepúsculo vermelho, rosa, azul e amarelo escorria sobre o mundo recortando a sombra escura de seu corpo contra o tecido multicolor da tarde — aquele corpo que tantos sentimentos incompreensíveis despertava em Raíra. Yawara saiu pela porta e a luz preencheu totalmente a abertura da oca, rasgando meridianos de sangue e ouro nos céus.

Raíra recostou-se na rede, exausta. Aquele menino a deixava sempre exausta. Toda vez. A febre ainda a consumia. Uma febre da mente. Algo mais incurável do que as febres do corpo.

Essa mesma febre muitas vezes quase matou meu pai, Bacharel, a febre dos poetas, que enxergam o mundo tão claramente, em cores e intenções tão verdadeiras que podem ficar cegos. A febre da melancolia da vida. A febre da melancolia da morte. Uma febre como essa que estamos sentindo aqui, você e eu, Bacharel, dentro desta oca, olhando para o tacape que querem usar para encerrar a sua história e todas as histórias que carrega dentro de você. A febre que engenha as histórias que todos os homens contaram uns para os outros, desde dias imemoriais, na vã tentativa de afastar a longa noite que vem nos arrastar pelos pés rumo a uma escuridão inimaginável.

Imaginação e aventuras, Bacharel, são nossas únicas armas contra a febre. Com elas partimos por caminhos que nos enganam, nos iludem, nos encantam, nos distraem, nos dão falsos sentidos e missões que enevoam temporariamente a visão inescapável de que tudo, tudo, tudo que existe irá se decompor.

17

Durante os dois meses anteriores à pescaria onde Raíra avistara o Curupira, Yawara retornou muitas vezes à clareira próxima ao rio Anhangabaú. Conforme havia imaginado desde a primeira vez que vira a criatura estranha de cabelos-de-fogo, o tempo tratou de confirmar sua suspeita de que não havia nada de sobrenatural naquele monstrinho.

Talvez porque ele mesmo tenha crescido sendo acusado de ser uma assombração, Yawara criou o saudabilíssimo hábito de desconfiar do juízo dos outros e confiar bastante no seu próprio. Do mesmo jeito que sabia que ele mesmo não era um espírito da floresta, sabia que o menino dos cabelos-de-fogo não era também. E não só sabia isso. Sabia mais, Bacharel. Sabia que se tratava de um sobrevivente, como ele. Como nós dois.

Depois de alguma ponderação, Yawara chegou à conclusão de que aquilo ali era uma criança desgarrada. Havia muitas histórias de índios que se perderam na mata e reapareceram muitos anos depois tomados pelo espírito de Ahó Ahó, tendo descendido da condição humana para a mentalidade das bestas.

Os "desgarrados" desaprendiam a falar e a conviver com os semelhantes. Alguns, capturados no laço, depois de um tempo na convivência da aldeia, voltavam ao normal. Outros, como animais que não se acostumam aprisionados, definhavam e morriam ou fugiam de volta para o breu do mato sem nunca conseguir voltar a ser gente.

Existem histórias parecidas, acontecidas nas florestas germânicas e mesmo nos bosques franceses, que você já deve ter ouvido.

Yawara pegou-se a rememorar um episódio que presenciou algum tempo atrás.

Certa vez, um ou dois anos antes, campeando pelas redondezas da aldeia, assistiu a uma índia dar à luz um bebê deformado. Bem mais deformado do que o monstrinho branco que encontrou na clareira. Aquele outro tinha uma cabeça pequena, como de uma preá no corpo de um bebê normal. Sabia pela tradição que lhe chegara pelas conversas que não deveria ter escutado, mas escutou mesmo assim que ela deveria matar o bebê ali mesmo, ou sufocando-o ou torcendo o seu pescoço, como se faz com uma galinha, ou enterrando vivo para que se reunisse de novo com a floresta. Aguardou interessado em ver o momento. A curiosidade das crianças tem muita crueldade. Mas aquela mulher não matou o bebê. Não, senhor. Em vez disso, deixou-o escondido na forquilha de uma árvore baixa, voltou até a aldeia, pegou alguns pertences, panos, ferramentas, potes, sua rede e outros que tais, voltou, pegou a cria e sumiu na floresta. Assim são as mães, não é, Bacharel?

Pense na minha mãe, uma puta que engravida tentando ajudar dois poetas a foder. E não só tem o bebê de um deles como ainda coloca o nome do outro no próprio filho. O nome do mais virado dos dois, ainda por cima, Bacharel. Angelo Ambrogino, chamado por todos de Poliziano — pois esse é o apelido que nós italianos damos a todos que nascem em Montepulciano —, inspirou meu nome. Talvez porque meu pai fosse o mais homem dos dois e ela se identificasse com o amor de Poliziano por ele. Talvez para disfarçar. Talvez para ferir meu pai colocando o nome do outro. Nunca saberei. Mas eis-me aqui, Bacharel, relembrando o passado para esquecer o futuro.

Yawara percebeu que aquele Curupira não passava de um menino que a morte não conseguiu atravessar com seus finos dentes de cobre. Nesse sentido, Yawara e ele eram quase irmãos. Dois filhos da necessidade de viver, apesar do mundo não concordar com a sua existência.

Depois do primeiro encontro, Yawara diligentemente passou a visitar aquela clareira, sempre levando alimento para o menino-Curupira.

Tendo assistido a João dos Piratiningas treinar seus cachorros, seguiu um sistema parecido para obter a confiança do bicho-criança. Funcionou com perfeição, já que um bugre não é muito mais complexo do que um cão de guerra daqueles, Bacharel, assim dizem as mentes da ciência religiosa mais renomadas da atualidade.

Em poucas semanas, o Curupira já se sentava lado a lado com Yawara. Foi numa dessas tratativas que Yawara descobriu que ele não sabia falar direito, mas que era capaz de imitar todos os sons dos animais e da floresta com perfeição sublime. Nisso achou um parceiro em Yawara. Passavam horas imitando todos os tipos de sons da floresta e, vez por outra, se um peidava o outro ria. Começaram a se comunicar com gestos e de outras maneiras que os adultos desaprenderam, mas que os pequenos ainda não esqueceram.

Preocupado com a incapacidade de atrair a onça para qualquer uma das suas emboscadas, Yawara resolveu começar a seguir os caçadores para ver se descobria mais sobre as artes e mumunhas da caça. O Curupira, já havia alguns dias, o seguia pelo mato como um cachorro segue um pastor.

Foi por isso que Raíra tinha visto o Curupira. Porque Yawara estava lá observando o trabalho dela e também relembrando a boceta lisa que tinha visto e que lhe tinha causado tanta confusão na cabeça, sem falar de atraso na caçada ao Anhangá-onça.

Sendo o Curupira a belezura que é, Raíra nem notou que Yawara estava a apenas algumas braças de distância atrás do monstrengo. Como a irmã bela que causa uma visão que ofusca a própria existência da irmã feia ao seu lado.

Quando voltou para Piratininga e ouviu as fofocas sobre o incidente ocorrido com Raíra e a tenebrosa aparição do Curupira, um plano completo lhe veio à cabeça.

E, pelo visto, Raíra havia caído no seu estratagema. Agora era esperar.

Três dias depois da visita, o temível guerreiro Raíra apareceu na cabana de Yawara, longe demais das outras ocas e perto demais da moradia dos cachorros — dava para sentir o cheiro deles dali.

Vinha carregando arco, flechas e zagaia.

"Vim para ver se você está mesmo falando a verdade. Porque se não estiver, vai morrer hoje mesmo. Do jeito que eu disse: esfolado."

Yawara não respondeu, como era seu hábito, porque normalmente ninguém estava falando com ele, mas sempre contra ele ou apesar dele e, por isso, as respostas não eram necessárias. Com o tempo, aquilo se normalizou e assim se formavam todas as conversas com ele. Uma pessoa falava alguma coisa. Em vez de responder, ele não fazia nada ou saía fazendo alguma coisa.

Nesse caso, foi a segunda opção. Pegou arco, flechas e zagaia própria e embicou para fora da oca e para dentro da mata, seguido de perto por Raíra.

Andaram no passo dos guerreiros e caçadores, uma corridinha suave e constante, até um descampado na beira do rio Anhangabaú.

No caminho, recolheu uma preá ainda viva, presa numa das armadilhas que deixava espalhadas. Entregou o animalzinho ainda vivo para Raíra amarrá-lo firme com corda fina de fibra de palmeira e levar consigo, dando instruções a ela sobre o que deveria fazer.

18

Yawara levou Raíra até o local onde primeiro avistou o Curupira, o jacarandá roxo do outro lado do rio Anhangabaú, do alto de onde ela poderia vê-lo sem ser vista. Mandou Raíra subir e explicou que deveria ficar ali para não ser descoberta.

"Eu vou lá conversar com o Curupira. Nós, os espíritos da floresta, respeitamos uns aos outros. Vou explicar para ele o seu caso e contar que foi tudo culpa minha. Se ele gritar que nem uma arara-azul, quer dizer que você está liberada do feitiço. Se ele rosnar como a onça, quer dizer que ele está abençoando a nossa caçada à onça-preta. Fique bem atenta para não perder nada."

Enquanto Raíra subia na árvore, Yawara se pegou observando não só a boceta do guerreiro como também seu cu. Ainda bem que Raíra não olhou para baixo naquela hora. Era capaz de o meninocão levar seta nos dois olhos, dado que a relação deles andava bastante conturbada.

Yawara desceu a trilha novamente na direção de Piratininga, ainda perturbado por aquela visão, pela mistura de medo, desejo, raiva, admiração e descontrole que Raíra causava nele — com suas ações e palavras, mas principalmente com seu corpo. Andou um tanto, virou, atravessou o rio e pegou o mesmo caminho que sempre fazia quando ia visitar o novo amigo. Parou na outra beira do rio para caçar um peixe com uma flecha própria para isso. Quem tem um amigo com dentes verdes de piranha faz bem em sempre trazer comida quando visita, não acha, Bacharel?

Chegou à capoeira, entre a mata densa e o rio, como sempre fazia, mas dessa vez sentou-se de costas para a mata, olhando para o rio e, do outro lado dele no alto da árvore, Raíra, sua cara brava, sua boceta linda e seu cu idem. Ficou sentado, esperando e pensando que nada poderia dar errado. Até que ouviu o ronco inconfundível da onça.

Dizem que Yawara não conhece medo, apenas o espalha por aí, mas se ele tivesse pelos nos braços como nós, Bacharel, eles teriam se arrepiado, porque o barulho que veio em seguida foi um rugido tão assustador que Raíra, do outro lado do rio, pôs flecha no arco e mirou mesmo sabendo que daquela distância dificilmente causaria qualquer estrago no bichão.

Foi então que o monstro saltou de dentro da mata escura sobre Yawara.

O menino-cão deu um berro. O Curupira caiu sobre ele e rolou para o lado virando uma cambalhota na areia dura e caindo na gargalhada. Um monstro da floresta assustando outro, Bacharel. Nem um gigante da imaginação como Dante Alighieri seria capaz de conjurar tal delírio.

A gargalhada do Curupira era tão esquisita quanto todo o resto dele, uma gargalhada de som agudo e descompassado como a gargalhada de um surdo-mudo — uma risada que não teve a oportunidade de conviver com outras risadas humanas e por isso se apresentava tão original quanto deformada — soando a graça e a horror.

Em princípio, Yawara achou que a onça vinha logo atrás do Curupira, mas logo percebeu que se tratava de brincadeira de curumim. Nem deu tempo de se organizar com a zagaia.

Yawara estendeu a mão ao Curupira, que ainda gargalhava deitado no chão, e ele se levantou. Yawara presenteou-o com o peixe recém-pescado e o parceiro de bagunça ficou muito feliz. Sentaram-se lado a lado na beira do rio como velhos amigos esperando os últimos suspiros das risadas se recolherem como soluços que não querem cessar.

Depois de um tempo jogando pedrinhas no rio, Yawara se levantou e fez um gesto para Raíra, que assistia a tudo incrédula. Acenou para que ela descesse da árvore e viesse se juntar a eles do outro lado. O Curupira ficou inquieto com o movimento de Yawara. Levantou-se e começou a olhar para os lados como se estivesse procurando alguma coisa.

Raíra apareceu visível do outro lado do rio e se pôs a atravessá-lo lentamente sobre um banco de areia onde a água corria mais rasa, na altura dos joelhos. O Curupira, quase sem querer, foi andando para trás, mais para perto da mata, deixando pegadas invertidas com seus pés tortos para dentro. Quando ela finalmente chegou perto de Yawara, o Curupira já estava do outro dado da clareira, pertinho da mata.

Conforme havia sido instruída, Raíra não fez nenhum gesto mais ousado, aproximou-se de Yawara e agora os três seres se entreolhavam. Um encontro de lendas, de sobreviventes, de assombrações, de índios entortados pela vida, pela floresta e pelos próprios índios. O silêncio entre eles era de encontro, de pesar, de reconhecimento e de compaixão.

Raíra lentamente caminhou até o centro da clareira e ali depositou a preá ainda viva, com as quatro patas amarradas, tentando se sacudir para fugir. Em seguida, voltou para seu lugar ao lado de Yawara e os dois se sentaram.

O Curupira não se mexeu.

O mesmo teatro dos primeiros encontros com Yawara se sucedeu. O Curupira demorou quase uma hora para chegar ao centro da clareira e pegar a preá. Olhou para Yawara como se pedisse aprovação e, vendo o sorriso do menino-cão, entendeu que era mais um presente.

Pegou a preá com ambas as mãos. Contemplou o bicho quente e vivo. Abriu a boca com dentes pontudos e verdes — Yawara descobrira como eles haviam ficado assim quando viu o Curupira afiando-os do mesmo modo que os índios afiam as montas das setas, com pedrinhas que pegava do rio e que usava para lixá-los. Uma ideia desesperada, mas até que prática, daquele pobre-diabo.

O Curupira segurou a cabeça da preá com o dedão e o indicador formando um laço, afastando a cabeça do bicho para longe do corpo, e meteu-lhe uma dentada no curto pescoço, rasgando pelo, couro e carne de uma só vez. Cuspiu a pelagem, deu uma segunda mordida e começou a mascar lentamente a carne. O sangue escorria da sua boca — ele limpava com as mãos e depois passava no cabelo. Dessa vez foi o queixo de Raíra que caiu.

Como no caso de qualquer criança, a perspectiva de uma refeição animou o guardião da floresta e ele abriu um sorriso perfeitamente escabroso.

Yawara aproveitou a deixa e fez o que lhe pareceu uma ótima imitação dos gritos da arara-azul apenas para que o Curupira respondesse com uma imitação infinitamente mais precisa — tão perfeita que recebeu inúmeras respostas da floresta.

Pela primeira vez em muitos anos, Raíra sorriu. Um sorriso preso, duro, mal-ajambrado no meio da cara, um sorriso de assassino — de alguém que já viu mortes demais para estar por aí a mostrar os dentes por coisa pouca. Ainda assim, aquilo era um sorriso.

Yawara, que há muito tempo entendera que boa parte da vida se resume a fazer a coisa certa na hora certa, rugiu como uma onça com entusiasmo para desafiar o amigo Curupira a remedar o feito com suas habilidades sobrenaturais de imitação. Sorriu contente em ver seu estratagema funcionando com perfeição. Agora teria a melhor arma de todas para caçar o Anhangá-onça: o caçador mais letal de Piratininga ao seu lado.

O rugido de resposta rasgou a floresta inconfundível e espantou os pássaros das copas das árvores fazendo-os subir acelerados rumo aos céus da Terra do Pau-Brasil.

Mas quem rugiu dessa vez não foi o Curupira.

19

A onça pulou de cima de uma árvore e pousou tão leve e rápida no areal que parecia nem ter encostado no chão. Imediatamente, partiu raspando as patas contra a areia na direção do Curupira, ainda banhado no sangue da preá.

Raíra ainda estava espantada quando viu a zagaia de Yawara voando na direção do bicho no tempo desacelerado das batalhas, quando só se ouve a cavalgada do coração e os olhos desmontam a existência em pedaços para enxergar tudo mais devagar.

Naquele instante, o experiente caçador já soube que o arremesso não ia prestar. Atirada daquela distância, por um principiante, a zagaia não chegaria com força suficiente ao alvo para rasgar o couro da fera e feri-la mortalmente.

Mas Yawara não era um principiante qualquer. A morte caminhava com o menino-demônio desde o nascimento e o destino o havia escolhido para fazer da sua obra uma nova forma de arte. Seu destino era manchar o mundo com tantas cores de sangue quanto existissem.

A zagaia desenhou um arco no ar, primeiro subindo e depois descendo no tempo exato do bote da onça, acertando-a na altura do olho esquerdo, rasgando o olho, mas sem penetrar o crânio. O impacto desviou a onça da rota como um murro bem dado em um bêbado inconveniente.

O Curupira, exemplificando seu astuto repertório de manobras e salamaleques de sobrevivente, também não ficou parado. Saltou veloz para a frente dando uma cambalhota no ar e correndo na direção dos caçadores enquanto a onça caía rolando para o outro lado. Um espetáculo de acrobacia que renderia uns bons trocados em qualquer feira da Itália.

A onça nem bem rolou já estava novamente em quatro patas, triscando-as na terra freneticamente, em carreira ininterrupta na direção de Yawara.

Onça não aceita desaforo, Bacharel. Nesse sentido, onças são como príncipes: uma comunhão entre poder e vaidade tal que só pode terminar em crueldade.

A rainha das selvas do Brasil, furiosa, botou o olho bom que sobrou na direção de Yawara com vistas a matá-lo pela impertinência de feri-la com aquele bastão estranho. Mas, ao fazer isso, encontrou não certeza e sim dúvida. Encontrou o medo que só quem olhou dentro dos olhos do menino nascido na boca do cão conhecerá.

Yawara não correu e nem se mexeu de forma alguma. Encarou a onça imóvel. Ela vindo correndo. Ele parado. Dois predadores engatados pelo olhar. Nem piscar, piscou — só olhava dentro dos olhos da fera, impregnando-a com a desolação da violência que existia dentro dele. Fazendo-a olhar para o começo de tudo e para o fim de tudo, para o lugar de onde nada consegue escapar. A onça saltou em direção a Yawara, impulsionando as patas de trás e esticando as da frente para dar um abraço de despedida no seu antagonista — as garras feito cimitarras mouras despontando para fora das patas para silenciar o impulso da vida. A bocarra gigante completamente escancarada em pleno voo para abocanhar o rosto inteiro do menino-cão.

Foi nesse momento que a zagaia de Raíra atravessou o bicho de baixo para cima, na altura do pescoço, fazendo um esguicho de sangue de onça explodir de dentro da mandíbula monstruosa diretamente no rosto de Yawara. A pata esquerda da frente do bicho ainda teve tempo de passar suas lâminas afiadas no peito de Yawara riscando-o de fora a fora, em retas exatas que primeiro ficaram brancas, depois rosas, depois púrpuras.

Raíra estava deitada aos pés de Yawara. Com o mesmo impulso que estendeu a zagaia para atravessar a fera, torceu o quadril para o lado girando o corpo para fazer o monstro tombar para longe deles. Levantou-se ágil e segurou a lança pela ponta do cabo enterrando-a ainda mais no pescoço do animal e prendendo-o contra o chão enquanto as últimas luzes do firmamento se apagavam dentro dela.

O Curupira ergueu os braços para o alto enlouquecido e começou a gritar que nem gente. Um grito de horror — agudo e apresentado num semitom impróprio aos ouvidos ocidentais, soado numa voz que nem ele mesmo reconhecia. O som aos poucos foi se transformando em uma gargalhada arrítmica, desmascarando o horror em graça, seja lá qual fosse a graça que o Curupira tenha visto no ocorrido.

Yawara caiu de joelhos sentindo o golpe. As cicatrizes paralelas que agora cruzavam seu peito na altura dos bicos faziam uma composição que era ao mesmo tempo bela e apavorante, como tudo naquele índio. Não lhe doíam só os cortes, mas o susto e a pancada também.

Raíra só soltou a zagaia quando teve certeza absoluta de que a onça estava morta. Ajudou Yawara a lavar os ferimentos no rio e depois colocou sobre eles a gelatina que extraiu de uma planta suculenta e espinhosa que os índios daqui conhecem e que serve para estancar o sangramento e proteger a ferida.

Pegou emprestada a faca de Yawara e abriu o bicho cortando a barriga do ventre em direção à cabeça, e começou a carneá-lo ali mesmo sob o olhar atento do Curupira que, naquele momento, se tivesse um rabo, estaria a abaná-lo.

Esfolou a onça e tirou o couro, deixando o crânio, já limpo dos miolos, dentro da pele da cabeça para que permanecesse visível e assustadora. Muitos índios gostavam de usar essas peles, e Raíra poderia fazer ótimas trocas com ela.

Com as folhas grandes de uma bananeira e tiras de uma folha de palmeira preparou um tipo de bolsa, onde colocou a maior parte da carne que iria levar de volta para a aldeia. Tomou o cuidado de deixar uma quantidade boa de carne para o Curupira, cujas sobrancelhas subiam e desciam sem parar naquele momento, denunciando um misto de incredulidade e alegria, com os arcos loiros ondulando frenéticos sobre o amarelo dos olhos.

Yawara, ainda fisicamente abalado pelo ferimento, juntou-se a ela para ajudar a carregar a carne de volta para Piratininga. Antes de entrar na mata, os dois olharam para trás mais uma vez para ver o Curupira acocorado sobre a pilha de carne. Ele também iria cozinhá-la e secá-la, escondido dos olhos dos índios. Só comia comidas cruas em último caso, como sua mãe desaparecida havia ensinado. Naquele dia, não só seus cabelos tinham cor-de-fogo. O corpo inteiro se avermelhara pela ação e emoção. Um perfeito retrato do que é a vida nesse rincão esquecido por Deus.

Yawara, precavido, imitou mais uma vez o grito da arara-azul. O Curupira olhou para os dois índios e gritou de volta o mesmo grito, tão perfeito que mais uma vez disparou um coro de respostas vindas de todos os lados da floresta. Raíra deu um suspiro aliviada, certa de que não se perderia na floresta como todos os que ousaram afrontar o Curupira antes dela. Sentiu-se liberta e feliz de ter se livrado da maldição e não de todo chateada que o maldito menino-cão tivesse terminado o dia esfolado, não por ela, mas pela onça. Um pagamento justo por todos os problemas que ele lhe causara. Um ferimento permanente o bastante para não mais ser esquecido, mas não tão permanente que depois dele nada mais pudesse ser lembrado.

Em seguida, Yawara rugiu como a onça. O Curupira parou e não respondeu de imediato. Os três dividiram um silêncio tenso e desconfortável. O Curupira então rugiu exatamente como uma onça. Para alívio de todos, dessa vez não houve resposta. Para Yawara, era a confirmação de que teria a zagaia de Raíra novamente ao seu lado.

Demoraram bem mais para voltar do que para ir, cansados e carregados que estavam. Foram recebidos com festa na aldeia de Piratininga, pois todo o povo se sentia representado pela bravura de ter um novo matador de onças entre os seus. Festejaram também a carne da onça que, mesmo sendo dura e pouco saborosa, vinha impregnada da majestade, força e coragem da senhora das florestas da Terra do Pau-Brasil.

Raíra e Yawara sabiam que aquele povo nunca os consideraria parte verdadeira do seu conjunto, mas naquela noite a distância que separava a índia que quis ser índio e o menino que se recusava a morrer do restante dos outros índios da tribo foi encurtada pela admiração que todos tinham pela bravura dos dois.

Os fracos, Bacharel, são náufragos que se aquecem no calor da fogueira dos fortes. Assim é o mundo que o Todo-Poderoso criou para os homens e que esses bugres, em sua mímica e remedo de humanidade, também tentam espelhar.

São essas coisas que põem ideias erradas na nossa cabeça, Bacharel. Ideias de que esses selvagens canibais sejam mais do que simples animais feitos para serem usados como bestas de carga na construção do Reino de Deus. Ideias de que talvez eles sejam homens como nós, ainda perdidos num tempo passado, onde a história não correu na direção certa, sem ter Deus para guiá-la.

Quando esses pensamentos ocorrem, Bacharel, busque pensar no que pretendem fazer amanhã e tire qualquer devaneio da cabeça. Eles não são gente. Eles são a própria floresta. E ela devora tudo que nela ousar penetrar.

Naquela noite de festa em Piratininga, havia apenas um único índio insatisfeito, de cara amarrada, soturno, sorumbático e casmurro: Yawara.

Porque aquela onça que eles comiam não era preta.

20

Nos três anos seguintes, Yawara matou vinte e sete onças. Nenhuma delas preta. Com apenas quinze anos já era considerado uma lenda entre os caçadores dali, entre os amigos e parentes dos tupiniquins e também entre os inimigos mais temidos. A fofoca, Bacharel, sempre se espalhou mais rápido e certeiramente do que os evangelhos.

Sob a tutela de Raíra, Yawara aprendeu os truques e as práticas dos caçadores desse povo, refinadas desde os primórdios. Até João dos Piratiningas, sempre às voltas com as expedições para caçar cada vez mais escravos para vender ou trocar por alianças, fortalecendo seu exército, mostrava-se interessado no guerreiro formidável que pretendia logo mais ter à sua disposição. Ensinava-lhe as artes da caçada com os cães de guerra e também as táticas e artimanhas do combate na guerra contra os homens. Palestrava sobre batalhas famosas e estratégias usadas nas disputas furiosas entre os povos de homens brancos que habitavam o lugar de onde viera. Yawara era uma máquina de guerra sendo aprimorada para semear o terror quando finalmente fosse solta para assombrar os campos da Terra do Pau-Brasil.

Ao contrário dos outros índios, Yawara caçava sozinho, acompanhado somente da tropa de cães, que o venerava cada vez mais, visto que essas feras se enamoram dos mais fortes que encontram pela frente.

Longe dos olhos de todos, quem o acompanhava pelo mato em suas correrias era o Curupira, a quem estava ensinando a falar melhor a língua dos índios, a usar o arco e flecha, a fazer armadilhas e até a utilizar a zagaia. Com poucas palavras e muitos barulhos, os dois não se tornaram exatamente amigos. Eram como dois peregrinos caminhando lado a lado pelas antigas estradas romanas em busca de uma Jerusalém toda feita de sangue. A essa altura, o Curupira já conversava com os cães como os ladrões conversam com os vigários: de igual para igual.

Raíra era a única que Yawara permitia ocasionalmente que o acompanhasse em suas incursões. Isso acontecia sempre que a expedição era para caçar alguma onça. O uso dos cachorros para farejar e encurralar as feras estava tornando o combate muito mais previsível e eficiente.

Essas escapadas causavam acessos de ciúme nos outros caçadores, que sempre preferiam caçar com ela pelos motivos que você já imagina — pernas para cima e pau para dentro — e pensavam que Yawara estaria recebendo com exclusividade o tratamento esquisitíssimo, porém extremamente agradável, de ser fodido pela índia que virou índio. Não sabiam que quando os dois saíam para o mato não havia espaço para a vida em qualquer uma das suas expressões. Havia apenas morte — os pés ossudos escorregando silenciosos sobre as folhas decompostas no chão úmido da floresta, dançando entre os dois caçadores, assoprando em seus ouvidos suas cantigas funéreas para fazer vibrar dentro deles o desejo de eliminar tudo que era vivo.

Quem olhasse Yawara nessa idade encontraria muita semelhança com Raíra. Era um caçador temível, mais alto do que todos ali, esguio e forte, trazendo no peito os riscos perfeitamente paralelos da patada de onça, que haviam se tornado belos como um ornamento proposital, de tão composta que tornavam sua figura — um brasão da sua capacidade. Mesmo assim, Yawara, por conta da sua mocidade, ainda guardava traços femininos e infantis no rosto inclassificável — o espelho onde todos se viam nus e desamparados, como quando chegam e quando partem.

Esse encontro de características, junto com o resto do mito — o menino nascido na boca do cão, criado por eles, matador de homens ainda criança, mensageiro do Curupira —, ampliou ainda mais o descontrolado e perturbador desejo sexual que Yawara provocava tanto nos homens quanto nas mulheres da aldeia, assunto que nunca foi discutido em voz alta por nenhum dos índios, pois há coisas complexas demais na vida, Bacharel, coisas que a simplicidade das palavras já inventadas pelo homem ainda não se prestam a explicar; coisas que só podem existir nos labirintos dos sonhos, pois a tentativa de apalavrá-las poderia lançar ao ar um miasma pútrido que nunca se extinguiria e consumiria tudo.

As índias cativas, menos sujeitas ao escrutínio do coletivo e já enlaçadas nas tranças da morte, não se detinham pelo medo, pelo cheiro dos cachorros, pelo silêncio plúmbeo, pela vertigem seca de olhar dentro daqueles olhos, pela maldição de se deitar com um demônio, pelas advertências dos mais velhos, pelas ponderações dos mais sensatos ou pelas preocupações dos índios que ainda viviam amarrados no cordão da vida.

Faziam fila para oferecer seu sexo na cabana mais distante da aldeia. Queriam Yawara dentro delas e, quando o tinham tentando atravessá-las com seu pau, o prazer que sentiam era tanto que muitas acabavam por se desconectar da realidade de uma vez por todas. Zanzavam como fantasmas de olhos vazios pela aldeia a ponto de os índios começarem a usar a expressão "está parecendo uma mulher de Yawara" para designar os doentes já sem força suficiente para tentar se recuperar.

Se algum brilho se via nos olhos de Yawara, o mínimo luzir era guardado para quando encontrava Iara, filha de Raíra, que estava cada vez mais linda e parecida com a mãe, caso sua mãe tivesse em si algo de feminino. Ainda era uma criança prestes a se extinguir, sem terem lhe descido os sangues de mulher, mas já inebriantemente bela.

Iara, por outro lado, preferia pisar em pedras pontudas ou bater cabeça em troncos de árvore do que estar perto de Yawara ou Raíra. Conforme foi crescendo, afastava-se cada vez mais dos dois, passando a maior parte do tempo com parentes. Ressentia-se da proximidade da mãe com o espírito-cão. Desde que ele havia se aproximado de Raíra, os sucessivos episódios misteriosos nos quais os dois se envolviam criava entre as duas um vão que se revelava a cada dia mais intransponível. A mãe se tornara silenciosa e ausente.

A constante sanha da dupla em caçar onça atrás de onça despertava em Iara temores de que a floresta cedo ou tarde se vingaria de todos eles — não só dos dois criminosos, mas de toda a aldeia de Piratininga.

Por mais que os matadores sempre comessem e dividissem a carne das onças que caçavam com o resto da aldeia e que isso fosse visto como algo bom, não só para fortalecer a tribo como para não provocar o Curupira, havia no coração de Iara um pressentimento de que uma conta teria de ser paga por tantas mortes.

Ela sabia que a mãe era obrigada a acompanhar o cão-demônio em sua empreitada em busca da onça-preta para não se ver enredada novamente na maldição do Curupira. Sentia culpa por se entender o pivô da maldição — tudo isso havia ocorrido porque ela queria um colar de dentes de cachorro. Para afastar a culpa, o medo, o ciúme, a incompreensão, enfim, a dor de tudo que sentia, afastava Raíra de perto de si. Era a saída mais fácil.

Como muitos outros pequenos em cujas cabeças a imaginação ainda queima em chamas altas, Iara foi buscar abrigo em fantasias. E não havia quem produzisse fantasias em série com mais astúcia e encanto do que o frade que não era frade coisa nenhuma. O sinistro Simião.

21

"Certa vez, Deus estava muito bravo com o Menino Jesus, porque o Menino Jesus não tinha feito os cestos e potes que Deus pediu para ele fazer. Toda vez que o Menino Jesus estava com vontade de brincar em vez de fazer os trabalhos que Deus pedia, Deus ficava muito nervoso. Ah! Quando Deus fica nervoso, ele lança raios e trovões por toda parte, queimando as ocas dos índios. Ele também explode o topo das montanhas e faz jorrar delas pedras ferventes e uma poeira preta que assa os índios de dentro para fora. Nesse dia, ele estava muito zangado, por isso fez chover jacarés, mas só em cima das casas onde moravam curumins.

Mas o Menino Jesus não queria saber de ajudar Deus de jeito nenhum. Resolveu escapar e voou como um tucano veloz por sobre as copas das árvores das tabas dos homens brancos até um monte cheio de frutas que não existem aqui, chamadas azeitonas, que são as melhores frutas que existem no mundo, pois com elas tudo se faz e delas tudo se aproveita. Essas frutas não existem aqui porque Deus ainda não gosta muito de Pindorama. Porque ele só gosta de quem dele gosta e não das mentiras que o Pajé Acauã inventa. Foi ele quem me mandou aqui para avisar vocês e ajudar vocês a gostarem dele e poderem parar de sofrer com as coisas chatas que incomodam vocês.

O Menino Jesus, que é muito esperto, deixou em seu lugar um outro Menino Jesus de mentira, que ele fez da argila encontrada na beira dos rios do Céu. Primeiro ele soprou a vida no Menino Jesus de argila. Depois mandou o novo Menino Jesus fazer os cestos e os potes que Deus queria. Desse jeito, Deus não explodiria mais coisas por aí e nem faria chover bosta de anta na cabeça dos índios. O Menino Jesus gosta mais dos índios do que Deus. Quando Deus joga raios nos índios, o Menino Jesus fica muito chateado.

Assim, o Menino Jesus saiu voando sem preocupação nenhuma, que é muito mais gostoso do que ajudar o pai e a mãe no trabalho. O outro Menino Jesus, de argila, ficou no seu lugar fazendo tudo o que o Menino Jesus tinha que fazer.

Chegando lá no Monte das Azeitonas, o Menino Jesus foi pescar com o amigo Pedro. Mas Pedro e o Menino Jesus também estavam com preguiça de pescar porque pescar também cansa muito. Então o Menino Jesus fez um feitiço que fazia os peixes pularem do rio direto para dentro de uma cesta que Pedro tinha levado. Não caía nenhum peixe fora da cesta porque o Menino Jesus é muito bom de feitiços e muito organizado para fazer as coisas que ele gosta de fazer e não as coisas que Deus manda ele fazer. Enquanto a cesta enchia, o Menino Jesus e Pedro puderam se divertir jogando pedras tentando acertar a cabeça das onças-d'água.

Depois de encher a cesta de peixes, o Menino Jesus e Pedro foram encontrar os amigos para beber cauim e festejar numa ceia, que é uma festa com todas as melhores comidas, fora de Pindorama.

Comeram perdiz e galinha, pão, maçãs, uvas e muitas outras coisas maravilhosas que vocês vão poder um dia experimentar se sempre fizerem tudo que eu mandar e gostarem do Menino Jesus e de Deus.

Quando o Menino Jesus e seus amigos já estavam bêbados, já tinham comido tudo que aguentavam das comidas mais saborosas do mundo, resolveram dançar e cantar. Fizeram uma grande fogueira, se pintaram e começaram a festança.

Foi quando um gigante chamado Golias surgiu de dentro da floresta do Monte das Azeitonas. Golias era do tamanho de cinco guerreiros um em cima do outro. Era mais forte que dez guerreiros juntos. Golias era de uma tribo inimiga da tribo do Menino Jesus e chegou dizendo que eles tinham comido os parentes dele e que agora iria se vingar comendo todos eles.

O Menino Jesus, que era muito corajoso, desafiou Golias para lutar. Golias riu da cara dele dizendo que ele era feiticeiro e que iria usar a magia para ganhar. Disse que o Menino Jesus era fraco e que sem magia não teria nenhuma chance. O Menino Jesus, que já estava bêbado, aceitou o desafio e prometeu não usar nenhum feitiço e lutar como se fosse um homem contra o gigante.

Golias, sem saber da enrascada que estava se metendo, mandou o Menino Jesus escolher a arma que queria usar. Golias iria usar a sua zagaia, que era feita do tronco de uma árvore inteira. O Menino Jesus olhou para ele e disse que iria usar apenas um pedaço de pano para derrotá-lo. Golias riu dele.

Eles andaram até um descampado e todo mundo que morava na aldeia do Monte das Azeitonas se reuniu para assistir. Cada um se colocou de um lado do descampado escolhido para o combate. Golias de um lado e o Menino Jesus do outro. Um ancião muito respeitado ficou no meio do caminho e deu o sinal para o combate começar.

Golias partiu correndo em direção a Jesus com a zagaia gigante, gritando com voz de trovão. Seus passos faziam tremer o chão. O Menino Jesus então pegou uma pedra no chão, botou no pedaço de pano e girou rápido sobre a própria cabeça o pano com a pedra dentro.

Quando Golias atravessou o centro do descampado correndo, o Menino Jesus soltou um dos lados do pano. A pedra voou rápida como uma flecha pelo ar e acertou Golias bem na testa. Ele caiu morto na hora.

Puft, bateu a pedra! Cataploft, caiu o gigante! O Menino Jesus então convidou todos a assar o gigante e a comê-lo para celebrar. A tribo ficou muito contente com tal honraria. O Menino Jesus comeria o coração do gigante e os outros poderiam comer todo o resto. Usando mais um dos seus feitiços, o Menino Jesus encheu as jarras de todos de cauim e eles festejaram até anoitecer. A carne durou por muitos dias depois de assada e seca.

Depois de comer o coração de Golias, que era do tamanho de uma capivara, o Menino Jesus ficou de barriga estufada. Despediu-se dos amigos e voltou voando até sua casa no Céu.

Chegando lá, viu que o Menino Jesus de argila havia feito todas as cestas e potes que Deus mandou. Agradeceu ao Menino Jesus de argila e o quebrou com um golpe no meio da cabeça. O Menino Jesus de verdade então levou os potes e cestas para Deus, que ficou muito contente com o trabalho do filho e mandou-o dormir.

Essa é a nossa história de hoje, meus curumins.

Amanhã eu conto outra.

Quero saber de você, Iara. Já se decidiu? Vai deixar para trás aquela sua mãe maluca, que pensa que é homem e que não cuida de você direito? Que em vez de ficar com você, linda Iara, vive às voltas com o demônio-cão caçando onça atrás de onça? Vai se juntar aos outros comigo lá no meu roçado para nos ajudar a construir o Reino de Deus na terra? Vai, querida Iara? Vai se dar a chance de participar de um banquete maravilhoso com todas as mais doces frutas e as mais deliciosas comidas que não existem em Pindorama? Diga que vai, pequena Iara", concluiu o asqueroso Frade Simião.

"Eu vou, frade. Eu vou", respondeu Iara.

"Espero você lá amanhã. Você promete que vai fazer tudo que eu pedir?"

"Prometo, Frade Simião. Quero muito conhecer o Menino Jesus", disse Iara antes de sair correndo excitada com a nova vida que tinha escolhido.

Estava decidida a fugir para longe da dor e da confusão de ser quem era, filha de quem era, naquele lugar de onde nunca tinha saído e a correr para os braços do Menino Jesus.

22

O Curupira sempre esteve por ali, mas ninguém notara. Sua mãe, uma índia chamada Jaciara, o ajudou quase todas as noites enquanto estava viva. O menino aleijado tinha seis anos quando a mãe subitamente parou de visitá-lo. Antes disso, ela já havia lhe ensinado como encontrar os tipos de gravetos necessários para fazer fogo, como acendê-lo e mantê-lo aceso, de onde roubar os potes que precisaria para cozinhar, como cozinhar longe da vista e do faro de todos os outros — aqueles que queriam matá-lo. Como secar o peixe cozido e fazer a farinha que durava um bom tempo antes de estragar.

Você certamente sabe, caro Bacharel, sendo um aventureiro como eu, que ninguém sobrevive sem fogo ou água. Com o Curupira a história não seria diferente. A comida crua da natureza não dá o sustento necessário para a vida, mesmo que se possa viver do que se colhe por aí durante algum tempo, a comida cozida faz o homem viver mais. Mesmo esses índios, não muito diferentes dos animais, guardam conosco essa semelhança, como se o Criador, com piedade da condição à qual os relegou, deixasse a eles o fogo como um regalo de sua imensa compaixão.

O Curupira dominava a geografia das redondezas de Piratininga melhor do que ninguém. Caminhava pelo mato com a mesma destreza e noção de direção fosse dia ou fosse noite. Conseguia se manter imóvel por horas a fio. Sabia se camuflar com folhas e plantas. Escalava árvores com suas pernas invertidas para roubar os ovos dos pássaros. Sabia onde cresciam as bananas que se pode comer. Conhecia os caramujos e larvas que se prestavam a servir de refeição. Comia as plantas, insetos, frutas e cascas que se pode comer. Um náufrago em terra firme.

Suas habilidades para o furto foram melhorando com o tempo. Criava rotinas para mascarar as rotinas dos próprios roubos. Encobria seus passos amarrando folhas nos pés curiosamente retorcidos. Vivia do acaso, da sorte e do pouco que tinha aprendido com a mãe.

Mas de todos os lugares da região, havia um pequeno desfiladeiro, que era seu lugar preferido no mundo que conhecia: um buracão estreito formado entre duas grandes paredes de rocha com duas braças de largura e umas quatro braças de profundidade, talvez esculpido pelo rio ou talvez ali desde a Criação, não se sabe.

Essa vala ficava próxima a uma cachoeira das mais belas lá para os lados do rio que eles chamam Capivari. O Curupira considerava aquele lugar um verdadeiro tesouro encantado. Dentro daquela fenda, ele havia descoberto uma fonte mágica de sustento. Sempre que outras modalidades de comida se tornavam escassas, era para lá que ele ia com a certeza de que não voltaria com fome.

O Curupira, como todos os animais, e até a onça, tem lá seus apetites e preferências na hora de comer. Tentava assim não recorrer constantemente ao precioso manancial de mantimentos que encontrara por acaso um dia quando resolveu nadar na cachoeira ali perto. Nunca vi um povo tão afeito à água. Mal dá para sentir-lhes o cheiro. Não sei como conseguem viver assim. O Curupira, sendo um deles, mesmo tendo nascido retorcido e lunar, recebeu os mesmos trejeitos e manias dos silvícolas que o rejeitaram.

Uma das coisas que mais agradava ao menino com cara de velho e cabelos-de-fogo era que o conteúdo do desfiladeiro parecia se reconstituir sozinho.

Por mais que ele constantemente pegasse lá o seu sustento, quando voltava dali um tanto sempre havia mais. Ele considerou durante um bom tempo que sua mãe pudesse estar viva ainda e que abastecia o depósito de comida mesmo que ele nunca desse a sorte de encontrá-la. Chegou a fazer tocaia no lugar durante semanas, mas nunca a avistou. Mas, em seu coração, nunca abandonou a esperança de encontrá-la novamente. Assim são as crianças, Bacharel, capazes de sobreviver consumindo nada além de esperanças.

No dia em que encontrou o desfiladeiro encantado, o Curupira não pôde aproveitar as riquezas ali contidas. Precisou voltar depois de roubar uma corda de algodão forte o suficiente para aguentar seu peso e planejar um jeito de descer até o fundo da ravina e um jeito de subir de volta carregando o delicioso maná alimentar.

Depois da primeira expedição bem-sucedida para dentro do vão de pedra, sua vida mudou. Sentia-se muito mais forte e bem-disposto, a ponto de tomar confiança para seguir os grupos de caçadores pela floresta e tentar roubar-lhes a caça. Conseguia andar mais tempo sem se cansar.

Foi assim que descobriu e começou a seguir Yawara, o menino gigante e assustador que, tal qual sua mãe, também gostava de deixar comida para ele nas clareiras perto dos rios. Um menino estranho como ele, que não gostava dos outros índios e tinha cheiro de cachorro. Foi assim, graças à nova força que tirava do silo secreto de comida, que terminou por fazer amizade com aquele que era agora seu companheiro de aventuras.

O Curupira, espírito-guardião dos animais e da floresta, era apenas um menino que se sentia menos solitário agora que tinha um amigo. Das comidas que a mãe lhe ensinara a preparar, a sopa de ossos era uma das melhores e mais simples receitas. Depois de comer tudo que podia de um animal, ou mesmo quando encontrava uma carcaça, guardava os ossos e juntas para fazer a sopa.

Para isso, escolhia um lugar remoto, cavava um buraco no chão e dentro fazia uma pequena fogueira. Colocava o pote de cerâmica em cima do buraco, cuidando para deixar uma fresta para o ar entrar e espaço para ir colocando mais madeira e palha no fogo por baixo do pote.

Enchia o pote de água e ossos, em geral com as fibras que os juntam uns nos outros e que eram muito difíceis de roer; isso antes de ter a brilhante ideia de limar os dentes para que ficassem iguais aos das piranhas. Ajeitava-se e deixava a mistura cozinhando por um dia inteiro. Depois tomava o caldo durante vários dias e se sentia fortificado por um bom tempo.

A fartura pode ser tão enganosa quanto a necessidade, Bacharel. Na fartura nos esquecemos de apreciar os detalhes que constituem a verdade do que está acontecendo, visto que nossos sentidos se sobrepõem à razão, encharcados que estão quando nos sentimos favorecidos pela Providência.

O Curupira demorou alguns meses para se interessar em descobrir que tipo de bicho era aquele que tinha ossos tão saborosos e tão nutritivos. Logo que encontrou o desfiladeiro, pensou que se tratava de uma arapuca natural onde bichos variados caíam distraídos. Aos poucos foi percebendo que eram todos um mesmo tipo de bicho, um macaco grande, sem as presas afiadas dos macacos que conhecia. Havia ossadas muito pequeninas e outras maiores, algumas quase do seu tamanho.

Aquele mistério começou a intrigar o Curupira, que não tinha tantos mistérios assim a lhe ocupar a mente. Sua existência era toda consumida na mera sobrevivência, Bacharel. Vasculhava as cercanias de Piratininga de norte a sul em busca de uma tropa de macacos grandes como aqueles. Mas nunca encontrou. Coçava com as mãos muito, muito brancas o tampo da cabeça, sempre aparentemente em chamas, intrigado. O Curupira era um sobrevivente lendário, mas um investigador sofrível.

23

O Frade Simião fazia questão de morar num roçado longe o bastante da aldeia de Piratininga para não ser constantemente importunado, mas perto o bastante para estar protegido dos inimigos. Naqueles tempos, contudo, os inimigos dos tupiniquins é que andavam olhando por cima dos próprios ombros com medo.

Depois da chegada do formidável João dos Piratiningas, com suas táticas e armas de guerra sem paralelo em Pindorama, os inimigos estavam sendo caçados tão constantemente que não teriam condições de atacar aquela aldeia sem a ajuda de homens brancos. Mas naquele tempo homens brancos e vivos por ali só havia dois: João dos Piratiningas e o Frade Simião, dois portugueses que abandonaram Deus, rei, modos, moral, civilização e tudo que compõe o moderno homem branco como o conhecemos, Bacharel.

A decisão de um de se tornar guerreiro selvagem, adotando completamente os modos dos índios, e do outro de se tornar o falso representante de uma falsa fé indicava os prazeres mais escusos e bestiais que estavam sendo destrancados por trás dos olhos saturninos desses dois — o caos se revolvendo em vendavais de loucura e devassidão, arrastando tudo para dentro do vazio onde antes havia a alma de cada um. Agora dançavam livres e gargalhavam sob a chuva do horror alheio. Cada um à sua maneira.

João dos Piratiningas, assim como Yawara, não sofria de carestia quanto a pretendentes sexuais. Seus feitos em guerra e na captura de escravos lhe garantiram parentesco com o poderoso Cacique Tibiriçá, que lhe ofereceu uma das filhas em casamento. Além dela, tinha muitas outras esposas e também amantes.

Tal qual o pequeno gárgula mongol, Genghis Khan, o diabo asiático que em seu rastro deixou mais de mil filhos espalhados pelo mundo, João dos Piratiningas espalhou sua semente em centenas de crianças mestiças. Um exército que, nunca se sentindo parte de um mundo nem de outro, um dia viria a se entregar aos modos da violência e da guerra junto ao pai, não muito diferentes dos cães de guerra que o acompanhavam em suas empresas. Estavam crescendo. Um dia iriam inundar Pindorama com suas vontades.

Já o Frade Simião encontrou nas Terras do Pau-Brasil uma vida que não deveria ter lugar na Criação. Desceu as escadas do Céu para longe dos tronos até o fundo, até o contrário, até o limite onde tudo se desfaz.

Talvez por isso tenha adotado as formalidades, as roupas, o título e as histórias da Igreja, mesmo que adaptadas para seus fins. Construía no Novo Mundo uma igreja de ponta-cabeça da qual ele almejava ser o próprio Anjo Caído, a antítese de tudo que há, testando os limites da maldade, entregando-se a todos os prazeres capazes de fazer um homem obscurecer sua aliança com o Criador até não haver mais nada que correspondesse à imagem e semelhança d'Ele.

Na chegada a estas terras, ainda um náufrago, vítima das tempestades da costa próxima ao Porto dos Escravos, teve a oportunidade de reconsiderar sua vida. Decidiu que aquela vida anteriormente vivida até aquele ponto havia terminado — junto com os destroços da nau no fundo do mar. Ao sobreviver a tal infortúnio, resolveu renascer.

Matou esganado um frade de nome Bonifácio, que havia naufragado junto com ele e que sobrevivera à fúria do mar apenas para morrer pelas mãos do companheiro de revés na areia cinza daquela costa. Era um frade de verdade, e o algoz tomou-lhe o hábito.

Assim, travestido de frade, se apresentou no Porto dos Escravos com o novo nome, Frade Simião, e uma nova história — inventada, amorfa, contada cada hora de um jeito, até que os interlocutores se cansassem de buscar sentido em tantas mentiras juntas e se desinteressassem. Ninguém sabe ao certo seu nome verdadeiro ou o que houve na vida daquele homem que pudesse justificar o que se formou em seu lugar.

Moldou-se no próprio Lúcifer, que todas as línguas fala e a todos convence com seus ardis e sua lógica. Mirou a vocação para comerciante também no Anjo Caído. Havia um lado seu capaz de entreter e agradar qualquer um, enxergar-lhes os desejos e atendê-los. Sabia negociar porque sabia antever o que os outros desejavam. Não demorou muito para cavar um lugar naquela comunidade de sobreviventes, degradados, traficantes de escravos e contrabandistas.

Quando conheceu João dos Piratiningas, o que houve foi um encontro similar ao que aconteceu quando meu pai encontrou Poliziano: um encontro de destinos amarrados por paixões. Enquanto no caso que me originou, entre o filósofo e o poeta, os laços da paixão se encordoaram pelas aspirações mais altas de mente e alma, no caso deles foi o oposto. Reconheceram um no outro o apetite dos homens que tudo devoram. Dois gafanhotos gigantes nos campos do Senhor.

No roçado que mantinha junto à sua oca nos arredores da aldeia, Frade Simião plantava mandioca, milho, batata-doce, pimenta e cará. Da mandioca, ele e as crianças que lá iam morar faziam a farinha de pau que se come junto com a caça e os peixes. Essa mesma que temos comido, Bacharel. Também tentava plantar trigo por ali. Dizia que faria com ele uma farinha muito melhor. O frade sonhava em comer pão. Como são altivos os sonhos sonhados na Terra do Pau-Brasil.

Olhos passageiros nada demais veriam naquela circunstância banal e telúrica. Crianças, sempre no máximo três de cada vez, moravam com ele, trabalhavam, ouviam histórias mirabolantes, rezavam orações inventadas pelo próprio frade baseadas em temas diversos de seu interesse.

Depois de algumas semanas deixando as crianças mais à vontade, encaixando-as numa rotina que inspirava confiança e, por que não dizer, uma forma de esperança de que realmente tinham encontrado um caminho melhor para suas vidas, ele iniciava sua rotina macabra.

Escolhia uma delas, menino ou menina, dependendo do apetite que a oportunidade lhe propunha, normalmente a mais dócil do trio, a mais disposta a agradá-lo e menos propensa a desafios. Convidava a eleita para ir com ele colher goiabas na mata, perto de uma gruta que fica próxima ao rio Capivari. Chegando nas cercanias da gruta, ele inaugurava seu circo nefário.

"Estou ouvindo a voz do Menino Jesus nos chamar!", dizia, fazendo uma concha com a mão junto ao ouvido. "Você também está ouvindo?"

A criança, evidentemente, não ouvia nada.

"Está vindo de lá", dizia, e apontava uma direção mantendo o ar de seriedade e espanto que levava a criança, após um tempo de desconfiança, a começar a acreditar que alguma coisa, de fato, estava acontecendo.

Tem filhos, você, meu caro Bacharel? Crianças se engajam em qualquer brincadeira, como você bem sabe. Tem imaginação solta, gostam de histórias, de pensar em algo que não conhecem, e têm fascínio, ainda que também tenham medo, pelo que não conhecem.

Ali principiava seu grande prazer: desnortear a criança com mentiras para depois enforcá-la em suas próprias ilusões. Deliciava-se e excitava-se em assistir às pequenas criaturas se afogando no lodaçal de enganos que construía. Era um autor vaidoso, fazendo seus leitores se perderem da própria vida miserável nos delírios de uma outra vida, toda ela de sua autoria.

Assim zanzava pela mata, aproveitando para ver se não havia testemunhas, seguindo pistas falsas até conduzir a criança para dentro da gruta.

Lá dizia para ela que o Menino Jesus pedira para que ele tirasse as roupas e restasse nu como os curumins para ser recebido como Deus o criou. Isso era tanto para sua excitação quanto para não manchar de sangue seu único traje de frade. Vagava nu junto com a criança na penumbra da gruta até um ponto previamente escolhido de forma a não deixar um que fosse mais arisco escapar.

Lá dentro, num grande salão, deparavam com um objeto misterioso. Um arcabuz, que alguns chamam de canhão de mão, objeto ainda desconhecido dos índios. Uma arma de fogo que Simião ali deixava para se proteger caso seus descaminhos fossem descobertos.

Mandava a criança examinar a arma. Quando ela colocava as duas mãos naquela maravilha moderna, ele lhe dava o primeiro soco em cheio no meio da cara.

A primeira curra era sempre iniciada com a criança ainda inconsciente, para que ela acordasse do estupor e incompreensão do golpe recebido já com a dor infinitamente maior de ter o rabo rasgado violentamente pelo pau torto, sujo e cheio de feridas daquele porco, Bacharel.

Quando o curumim acordava e se dava conta do que estava acontecendo sem entender o motivo de tal horror, Simião deixava a criança gritar um pouco, mas não muito, e seguia fodendo e sangrando a pequena criatura. Mais socos. Mais desmaios. Mais socos.

Lá pelo terceiro despertar, para horror da vítima, dependendo do andar da carruagem ele finalmente enroscava as mãos escamosas e peludas ao redor do pescoço do curumim e ia esganando aos poucos, no ritmo das bombadas, apertando e soltando, apertando e acelerando, apertando e apertando e enfiando e apertando e enfiando e tentando sincronizar o corpo e as expectativas demoníacas de modo que a criaturinha expirasse no exato momento em que seu gozo grosso e acinzentado se espalhasse fétido dentro dela.

Era esse seu prazer.

Gozar dentro da morte de uma criança, Bacharel.

Era isso que o fazia se sentir vivo como não se sentia de nenhuma outra forma.

Penso que Simião era muito pior do que esses bugres que querem nos comer, Bacharel. Porque esses malditos o farão honrando dentro de sua tradição macabra nosso nome, nossa coragem e nossa memória. Dentro da fé bestial que os congrega, mas mesmo assim, dentro de uma fé, um conjunto de ideias que se organiza para ter ao centro a vida e a justiça que desejam.

Não, Bacharel, mesmo para alguém como eu, que rodou o mundo nem sempre nas melhores companhias, que não teve piedade de crianças pouco mais velhas do que esses curumins no campo de batalha, que matou mais de um desafeto durante bebedeiras, mesmo para um pecador tão sujo e indigno quanto eu, Bacharel, o filho de uma puta e dois sodomitas, que por meus erros e desfeitas me encontro aqui neste mais sombrio dos lugares, no mais áspero instante, não consigo aceitar o que acontecia naquela gruta sem me entregar a uma melancolia tão quente e pegajosa que chega a me sufocar.

Mesmo que eu sobreviva à fome de Pindorama por algum milagre da Providência, e acredito nisso e boto fé, não pretendo nunca mais recontar essa história a qualquer outra pessoa. Essa história quer me matar.

Desculpe o choro, Bacharel. É uma noite de muitas emoções e não estou em meu melhor momento. Um pouco emotivo, sem dúvida. Perdão. Vejo que algo também o afetou. Ou me engano? Percebo que ainda restam em sua alma algumas lágrimas de compaixão. A compaixão pela dor do outro, como aquela que o Nosso Senhor Jesus Cristo teve por todos nós.

Enfim, no dia seguinte ao primeiro assassinato, Frade Simião seguia o plano macabro e voltava para sua oca esbaforido. Agitado, avisava às outras duas crianças que a primeira vítima havia caído num fosso perto da cachoeira, mas que escapara da morte graças à intervenção miraculosa do Menino Jesus. Estava, porém, muito ferida e precisava de ajuda.

Criava um tumulto, uma urgência que confundia os petizes. Dizia que precisavam levar uma corda forte para usar no resgate da criança caída no buraco. Então ele conduzia os pequeninos discípulos alarmados rumo ao local.

Chegando lá, na porta da gruta, um pouco antes de chegar a uma ravina próxima do rio Capivari, pedia que os dois se preparassem, amarrando cada um pela cintura com a corda, pois precisariam descer escalando o fosso para realizar o resgate. Uma vez bem amarrados, pisava no meio da corda, entre as duas crianças, e com o cajado de caminhada que carregava para tais ocasiões golpeava-as até desfalecerem.

O segundo ato da sua missa negra era ainda mais macabro. Esperava as crianças acordarem atordoadas, amarradas como caça pelos pés e pelas mãos na penumbra incerta da gruta.

Apresentava-se a elas já completamente nu, com o rosto pintado de vermelho e uma grande cruz invertida da mesma cor pintada sobre o peito peludo e marcado por cicatrizes das muitas feridas que ali deixaram as doenças às quais sobreviveu. Para isso, usava a tinta do urucum. Procedia então a violentar a primeira criança enquanto a outra era obrigada a assistir horrorizada. Depois, era a vez da segunda, que não só sofria as mesmas sevícias inomináveis como ainda terminava esfaqueada. Para isso, o monstro usava uma cruz de ossos do tamanho de uma faca de caça, com uma cruzeta de metal ao centro segurando as hastes e com uma ponta alongada, construída e afiada para esse uso específico.

Voltava-se para a primeira criança, que àquela altura já tinha visto e vivido coisas piores do que a morte. Aproximava-se dela e enlaçava as mãos ao redor do pescoço da criatura e começava a apertar lentamente enquanto beijava sua nuca, aspirando profundamente o cheiro dos cabelos enquanto toda a Criação se desmontava em aporia.

Ao fim da selvageria, saía da gruta e caminhava até a cachoeira. Banhava-se então nas águas geladas, boiando leve no lago dourado pelo fundo de areia amarelo que se forma abaixo da queda, sentindo a pele crispar pelo frio a arder-lhe o corpo e o pau recém-castigado pela própria violência.

De braços e pernas abertos, deixava a água correr por suas reentrâncias a lhe lamber o corpo em calafrios; os peixinhos a lhe mordiscar a superfície da pele; os cabelos longos na parte de trás da cabeça careca a balançar com o movimento sutil e vibrante da água. Ouvia o cantar suave da mata, o ronco grave e contínuo da queda d'água e refestelava-se com a miríade infinita de verdes que só existem em Pindorama apresentando todos os possíveis matizes de uma só cor sob a abóboda luminosa de anil.

E então ria.

Ria da cara de Deus.

Era para a casa desse homem que Iara decidira se mudar.

24

Raíra andava mais nervosa e agitada do que uma onça-d'água. Até as próprias onças-d'água sabiam que não era bom estar perto dela quando estava desse jeito. Mas Yawara, que aparentemente não tinha isso que chamamos de emoção, se sentia à vontade para ignorar o fato de que ela existia nos outros.

"Como assim você não vai comigo? Estou rastreando essa onça há duas semanas. Já encontrei as pegadas. As marcas das garras nas árvores. Já conheço o cheiro da bosta e do mijo dela. Pelo tamanho do que deixa pelo chão, é das grandes, se não for a maior que já encontramos. É a onça-preta. Eu sinto que é. Você tem que ir comigo. Você prometeu. A maldição do Curupira vai recair sobre você se você faltar com seu compromisso."

"Não vou. Já disse que não vou. Iara foi para o roçado do Frade Simião há duas semanas. Eu vou lá todos os dias, mas ela se recusa a falar comigo. Tenho medo do que pode acontecer."

"O que pode acontecer? Tudo pode acontecer. A vida é o que pode acontecer. A vida que ela escolheu viver. Como essa vida que você escolheu viver do jeito dos caçadores e não das mulheres. Sua mãe conseguiu mudar a sua vida? Sua vida é caçar a onça-preta comigo. Essa é a sua vida."

"Eu sei. Eu sei. Mas aquele branco amaldiçoado, com suas mentiras e histórias, é muito mais perigoso do que parece. Eu conheço os animais. Eu sinto a morte no cheiro dele."

"A morte seria melhor. O que ele faz é levar as crianças para os padres brancos no litoral. Isso é muito pior que a morte. Aceite. Não há nada mais que você possa fazer."

"Você está louco, seu cachorro imundo. Não quero Iara morta de jeito nenhum. E nem trabalhando como escrava para padres sujos. Quero ela de volta aqui na aldeia."

"Para viver a vida de mulher de índio? A vida que você não desejou nem para você?"

"Yawara, seu cu-de-macaco fedorento, já disse que não vou e não vou. Você nem precisa mais de mim e sabe disso."

"O Curupira vai amaldiçoar você."

"Você acha que eu ainda tenho medo do Curupira? Você acha que todo esse tempo que estivemos caçando juntos eu não percebi? Aquilo lá é só um menino. Nada mais. Um pobre menino doido. Um bicho maluco da floresta. Um curumim entregue ao abraço de Ahó Ahó. Só não contei para todos na aldeia porque prefiro que eles tenham medo de mim por andar por aí com o Curupira. Só por isso. Agora me deixe em paz, seu pinto mole de preá."

Raíra deu as costas a Yawara e saiu andando.

Yawara raramente precisava de alguma coisa de alguém. Não tinha a habilidade do convencimento de outra forma a não ser pela violência ou, mais prático e útil no dia a dia, a possibilidade constante do uso dela. Contrariado, partiu rumo à sua oca para pegar os apetrechos de caça.

Uma vez preparado, parou em frente à oca e assoviou. Um silvo estridente e firme que subiu riscando o ar como uma flecha. De todos os cantos surgiam seus cães de guerra como que materializados pelo próprio som do assovio, emergindo das sombras das árvores e por detrás das plantas rasteiras. Eram sete agora. Como os pecados capitais, Bacharel. Eram seus. Não respondiam a mais ninguém no mundo. Foi o primeiro exército de Yawara.

Partiu com a comitiva mato adentro. Não demorou muito para que o latido dos cães anunciasse que seu escudeiro, o Curupira, chegava para se juntar à tropa para mais essa aventura. Vinha contente, como era seu hábito toda vez que encontrava Yawara e os novos amigos, os cães. O Curupira havia desenvolvido uma relação mais próxima com uma das cadelas, chamada Jaci, marrom-escura com o focinho e parte do dorso brancos. Era sempre ela a primeira a vir lhe lamber as mãos pálidas com seu focinho branco, como se uma lua encontrasse outra no firmamento.

Dirigiram-se para a região do rio Jurubatuba. Era lá que Yawara havia rastreado a onça grande. Quem sabe, a onça certa. A caminhada era longa e só chegariam no dia seguinte.

No fim da manhã do segundo dia, chegaram ao destino. Yawara já havia deixado armadilhas na região e aproveitou o dia para recolher os pequenos animais ali presos, para alimentar os cães e preparar as iscas para a onça. Havia levado duas foices de madeira para que ele e o Curupira limpassem uma clareira em frente a um barranco em forma de cunha. Era ali que pretendia realizar o combate.

O crepúsculo, hora preferida da onça para caçar, ia lhe conferir vantagem naquele sítio. O sol desceria diretamente em frente ao barranco e sua luz, incidindo frontalmente nos olhos da onça, haveria de prejudicar a visão da fera na hora do bote que, esperava, viria de cima, do barranco em direção à clareira que estava carpindo embaixo.

Esse era o único momento que realmente importava na caça da onça. O momento definitivo.

O bom caçador é justamente o que constrói seu espaço de luta com atenção a cada detalhe, prático e simbólico, real e imaginado, de modo a não deixar o fio da história se quebrar em direções que possam divergir do seu objetivo.

"Todo golpe deve ferir o inimigo", dizia João dos Piratiningas sobre o combate nas guerras dos homens. Aqui, Yawara aplicava o ensinamento à caça, que é a guerra do homem contra a fome, contra a floresta, contra o lugar longínquo de onde despertou pela primeira vez e para onde não pretende voltar. Cada detalhe da preparação era também uma ferida na onça. Yawara não se desconcentrava desse propósito.

Do lado direito do barranco, uma ilha de plantas espinhosas havia feito um lugar para si no mundo, dominando, retorcidas, o resto da vegetação. Uma parede que qualquer animal evitaria transpor. Isso ajudaria os cachorros a cercar a onça, subindo pela esquerda, irritando-a até que estivesse furiosa, latindo, atiçando e ameaçando a fera com a visão de seus dentes e suas idas e vindas.

A emboscada seguiria até que a onça estivesse atuando nessa tragédia sem saber que ela mesma era a personagem central. Estaria sobre o barranco, furiosa, humilhada, com a vaidade de rainha doendo-lhe cada parte do corpo musculoso, desenhado para ser servido e não para servir.

De um lado, haveria a parede de espinhos, do outro, os molossos nascidos do saibro sangrento das batalhas romanas. Então veria, de cima do barranco, a clareira.

Deitado no centro da arena estaria Yawara, de barriga para cima, indefeso e submisso, oferecendo-se como presa e recompensa pelo apuro e humilhação que aquele animal senhorial estaria vivendo naquele momento. Praticamente implorando que ela desempenhasse o papel para o qual foi imaginada pelo Criador, organizada em pele, índole, garras, músculos e mandíbula. Sentindo lhe distender os canos por onde corre o sangue, avançaria ouvindo as trombetas do chamado do destino. Avançaria para matar Yawara.

Então, conheceria a zagaia.

Na ponta dela, incontornável, a verdade.

25

A realidade, Bacharel, poderia ser definida como um tapa humilhante na cara da imaginação. Porque a realidade em que vivemos foi produzida pela imaginação excelsa do próprio Criador. É apenas falta de humildade nossa acreditar que é possível imaginar as coisas que estão para acontecer na cabeça do Divino Pai Celestial.

Observe a nossa própria condição aqui, dentro desta oca, guardados por guerreiros canibais sob a sombra desse ibirapema aí pendurado. A situação demonstra minha tese de maneira inequívoca. Quando poderíamos ter imaginado que um dia passaríamos uma noite assim, lado a lado? Penso que não seria nem um pouco desejável imaginar os infortúnios que a realidade é capaz de construir para nós. Se pudéssemos ter tal visão, talvez não conseguíssemos ter mais ímpeto para seguir vivendo.

Os cães farejaram a onça muito antes do Curupira, que, comparado ao índio mediano, era um verdadeiro sabujo de caça. Yawara e o Curupira, que descansavam sob a sombra de um frondoso bambuzal, ergueram-se e partiram para a caçada.

Yawara, sempre seguindo seu planejamento tático, desceu em direção sul, incitando os cachorros a segui-lo e não a correrem para onde o faro ditava. Não deveriam atacar a onça diretamente, mas circular ao seu redor pelos flancos, guiando-a para o campo de combate escolhido por eles.

Paravam de vez em quando para que Yawara observasse a direção para onde os cachorros desejavam ir. Usando a ambição dos cães como bússola, foi traçando o caminho até considerar que a onça estava entre eles e a clareira que preparou.

Aí deixou os cachorros liderarem a expedição. Mas isso foi um erro. Aqueles cachorros, ao contrário dos cães de caça que se usam na Europa, Bacharel, são cachorros de guerra, mais aptos ao combate do que às jogadas da caçada. Enquanto os cães de caça têm o juízo de aporrinhar as feras sem se aproximar demais, esses cães, imperiosos, massivos e sem medo, muitas vezes confiam demais na própria violência e esquecem que existem violências maiores à espreita.

Não tardou para que Yawara e o Curupira saíssem marchando atrás dos cães pelo mato na maior velocidade possível, pois as matas dessa terra são tão fechadas que atravessá-las fora de trilha ou longe de curso de rio é sempre uma escolha de última necessidade.

Os cães, mais ágeis no matagal, adiantaram-se e começaram a deixar Yawara e o Curupira para trás. Aceleravam num vendaval de latidos e rosnados. Yawara considerava que estavam indo na direção certa, rumo ao barranco, rumo ao encontro com a verdade. Ouviram o rugido da onça. O espírito-cão considerou que aquele dia seria seu.

Longe dos olhos dos dois caçadores, algumas centenas de braças à frente na mata espessa, um espetáculo raro acontecia. Três dos cães enfrentavam a onça num confronto digno dos grandes combates do Coliseu da Roma antiga.

Os cães, Bacharel, não são apenas músculos e dentes. Aprenderam com o homem que a união de propósitos é a maior força que existe no mundo.

Do mesmo modo que João dos Piratiningas, o homem que introduziu-os naquela natureza, aqueles cães eram também representantes da inteligência organizadora, da malícia cooperativa e do sentido de superioridade da civilização sobre a barbárie. Unidos em sua ambição, os cães confiavam que poderiam vencer a natureza furiosa do jaguaretê com a ferramenta que o homem havia lhes ensinado: a cooperação. Mas para azar deles a civilização jamais encontrará acolhida em canto algum dessa Terra do Pau-Brasil.

O criador concebeu a onça para ser o predador dominante neste desterro infernal, e assim ela permaneceu no confronto daquele dia. Sua velocidade, agilidade e força mostraram-se imbatíveis no campo de combate restrito da mata fechada. Enquanto os cães tentavam se revezar em botes e mordidas, a onça saltava por entre eles desferindo suas patadas com as garras abertas, pequenas foices mortíferas. Com a bocarra colossal, abocanhava os cães principalmente nas costas. Bastava uma mordida sua para quebrar a espinha ou o crânio de um cão por maior que fosse. A luta foi intensa mas breve.

O otimismo vaidoso de Yawara topou com os três cães estraçalhados. Cada um grande e forte o bastante para puxar uma carroça. Ceifados pela sombra mais antiga que se esconde nessas matas. Os dois caçadores trocaram olhares apreensivos.

Yawara avançava de zagaia na mão e arco atravessado no peito, enquanto o Curupira seguia ao seu lado de arco em punho e setas na mão, pronto para agir. Aqueles cachorros mortos eram mau sinal. O Anhangá estava por perto. Agora ele já sabia que Yawara estava chegando.

Estavam se aproximando do barranco.

Encontraram mais dois cachorros mortos pelo caminho. Agora só restavam dois. Já não formavam uma tropa forte o suficiente para enfrentar a ferocidade do monstro. Por sorte, ainda sobrevivia a cadela preferida do Curupira, Jaci, que talvez por ser mais gentil que os outros era também mais ajuizada em suas investidas contra a onça. O Curupira sofria de um descontrole das emoções similar ao das crianças pequenas, e um revés que incluísse a morte de sua amiga próxima poderia deixá-lo num estado em que não seria de muita utilidade nos momentos cruciais que se aproximavam.

Conforme foram chegando mais perto da clareira, Yawara se separou do Curupira, que seguiu tocando para cima da onça a dupla de cachorros que sobrara, e correu para se posicionar no campo de combate.

O trabalho foi bem-feito. Em menos de meia hora a onça já estava onde eles queriam: sobre o barranco, com a parede de espinhos de um lado, os cachorros e o Curupira cercando a retaguarda e o outro flanco.

De cima do barranco, ela avistou a pequena clareira. Ao centro dela, um índio com cheiro de cachorro deitado de barriga para cima. A geografia, o barulho e a oportunidade se apresentavam irresistíveis.

Mas a realidade não quer saber de nada disso, Bacharel. Tem lá suas próprias engrenagens tortas que só o Criador entende, rodando contra os sentidos almejados e gerando resultados sempre diferentes do previsível.

Em vez de dar o bote e saltar para a clareira na direção de Yawara, a onça voltou-se na direção em que vinham o Curupira e os dois cachorros, que, após o duro e recente aprendizado, mantinham uma distância segura do animal.

De súbito, a onça partiu com tudo para cima do Curupira. Dessa vez, a criatura não teve tempo para suas magníficas piruetas voadoras. Em vez disso, caiu sentado para trás. A fera saltou no ar, por cima do guardião da floresta, e voltou para a mata, deixando para trás toda aquela balbúrdia.

Atônitos, cachorros e caçadores não conseguiram acompanhar a fera em tempo. Dois índios e dois cachorros sem um plano bem pensado não eram páreo para uma onça daquelas. Ela já demonstrara que não aceitaria as condições de combate propostas por eles.

Resolveram parar para se recompor. Estavam exaltados e atentos contra um retorno súbito do bicho.

E não era para menos, Bacharel. Aquela onça era preta.

26

Não sei se você divide comigo essa observação, Bacharel, mas assim que desembarquei e vi a pujança da vida explodindo em cada ranhura, em cada pedaço de solo, na multiplicidade infinita de expressões da Criação presentes neste lugar, tão diferente do lugar de onde viemos, seja na face áspera do rochoso granito se erguendo das terras, seja nas frondosas copas das árvores de mais de mil anos nos observando do alto, como sentinelas do passado, seja na fartura do mel abundante que a floresta oferece a qualquer um que estenda a mão para buscar — assim que essa explosão inundou meus olhos, meus ouvidos, meu nariz e minha boca —, quando conheci os hábitos monstruosos e a degradação do gentio da terra, a guerra permanente com os iguais, a fome que tudo orienta, percebi que este é um lugar onde só é permitido que exista o hoje, nada importando o ontem e muito menos o amanhã.

Como esta noite inerte: existimos aqui sem saber se amanhã existiremos. Um lugar onde todo dia é o único e o último. Paraíso e Inferno sob a mesma abóbada.

Não é de se estranhar que esses índios vivam de um dia para o outro e do outro para o outro e para o outro sem que os dias se engatem entre si.

A guerra permanente dá sentido a tudo por aqui. Náufragos em guerra com o mar, sobreviventes em guerra com a natureza e a fome, o gentio da terra em guerra contra seus iguais e contra os diferentes tipos de cristãos, que por sua vez empenham-se em guerras entre si para determinar quem será o senhor do novo mundo. Aqui, só o que existe é guerra.

Guerra até contra os piolhos, que os mais velhos ensinam os pequenos a matar a dentadas para se vingar das picadas recebidas. A vingança é o único destino possível aqui: mata-se por tudo, por pouco e de súbito. Viver, só por acaso. Todo dia é só mais um dia de morte no lugar onde não existe amanhã.

Num lugar assim, as mais avassaladoras paixões prosperam como trepadeiras subindo pelas pernas da gente. Porque o agora consome tudo.

João dos Piratiningas, que, nesse lugar, deu à luz a si mesmo, não guardava mais na mente ou no coração as memórias da Quinta de Valgode, em Portugal, onde nasceu e cresceu, ou as feições da jovem Catarina Fernandes das Vacas, com quem se casou. Nem dos próprios filhos, que deixou para o mundo criar, guardou relicário de saudades. Porque não há necessidade do ontem para quem não tem amanhã.

João dos Piratiningas, o guerreiro-índio, novo personagem, inédito na odisseia dos homens, foi descascado e esculpido na pedra bruta do hoje, como se cinzelado pelas mãos de um Michelangelo Buonarotti enlouquecido. Sim, Bacharel, em breve vou lhe contar mais sobre João dos Piratiningas. Ainda temos tempo.

A paixão, esse cego mergulho no escuro do hoje, sem consideração por ontem ou amanhã, exige daqueles que se entregam a ela mergulhos cada vez mais profundos. Vinganças e paixões não encontrarão solo mais fértil do que esse.

Observe, Bacharel, as coisas divinas — a justiça, o amor verdadeiro, a compaixão, a benevolência, a piedade — residem na alma dos homens. Já as paixões, ao corpo pertencem e nele se expressam.

Mas o corpo, esse mais frágil e incompleto veículo, nunca restará satisfeito, pois sem a empresa da alma o viver é apenas um oco de fome: querer mais e mais e mais de tudo que sacia os desejos.

Dessa forma, a rotina macabra do Frade Simião foi se alterando com cada missa negra na gruta. Os rituais se tornando cada vez mais complexos. O mal tendo de se expressar cada vez mais rebuscado para prover-lhe o prazer de gozar na cara da Criação. Cada gozo mais custoso do que o anterior porque o vazio do hoje vai aumentando, aumentando, tentando ocupar o espaço onde antes existiram o ontem e o amanhã.

A mais recente vítima do Frade Simião padecia em vida as mesmas sevícias agonizantes que os outros curumins, exatamente ao mesmo tempo que a onça-preta mais uma vez escapava da zagaia de Yawara.

Sua vítima era um menino de não mais que seis ou sete anos, franzino, de olhos afastados e nariz equino, lábios carnudos que muito alvoroçavam o demônio dentro de Simião. Chamava-se Acir. Como sempre, era a mais retraída e tímida das três crianças que trabalhavam no roçado naquela época.

Depois de surrar, currar, cortar, escalpelar e finalmente esfaquear até a morte o pequeno Acir, Simião agora se deitava sobre o corpo da criança morta no chão da caverna. De uns tempos para cá, não conseguia mais gozar dentro das crianças vivas. Sua descida ao Inferno continuava abrindo picada para baixo, sem dar sinal de onde iria parar.

Seu corpo suado e recoberto de sangue, pesando sobre a criança emborcada, criava a estranha imagem de um homem fodendo o chão de pedra e musgo — tão pequena era a criança sob seu corpo que sumia completamente da visão.

Frade Simião, para quem olhasse a cena, tentava foder o mundo que o amor de Deus criou: com raiva, com desespero, com rancor, com medo, prendendo a respiração até quase desmaiar, quebrando as costelas da criança morta sob seu peso — tamanho era o empenho do vaivém desenfreado de seu bucho porcino. O som de cada golpe do corpulento súcubo vermelho estalando contra o minúsculo corpo de sua vítima e ecoando grave por toda a gruta. Cada ofegante grunhido soprando como uma palavra sem sentido, uma antipalavra, que só poderia ser compreendida pelo próprio Lúcifer.

27

Yawara estava determinado a cumprir seu destino: dar cabo daquela onça-preta. E o que é o destino, Bacharel, senão a paixão maior que forma um arco sobre todas as outras, sobre a nossa existência completa, uma sombra sob a qual as pequenas escolhas vão sendo organizadas de forma a emprestar para a vida uma narrativa? Uma vocação que todos sabem dizer exatamente onde começa, mas nunca onde vai dar? Aqui o destino é vingança, e vingança é destino.

Os malditos piratas mouros, que muito combati sobre os conveses de naus por todo o Mediterrâneo, dizem que Nosso Senhor, que por eles é denominado Alá, já tem decidido de antemão o destino de todos nós. "Maktub!" É o que dizem. Atacam sem medo e sem hesitação, pois acreditam realmente que, se o Senhor tiver decidido que eles irão viver aquele dia, espada nenhuma há de lhes cortar a carne e lança nenhuma poderá lhes perfurar o couro. Atacam com abandono. É uma coisa muito assustadora de ver. Homens que não temem seu destino.

Por sorte nossa, hoje é ciência comprovada que estão enganados, Bacharel. Pois, de que outra maneira teriam sido expulsos da Europa? Expurgados de lá com a benção de São Tiago Mata-Mouros e São Jorge, o Guerreiro. A visão correta do destino é ser organizado pelo livre-arbítrio, que foi projetado pelo Criador para apreciarmos sua Obra e marcharmos rumo à conquista do Reino de Deus. O destino desejado e abençoado pelo Pai Celestial.

O destino que escolhemos é a vontade de Deus no mundo. Caso contrário, ele não precisaria de nós para nada.

Assim que Yawara e o Curupira se reorganizaram minimamente, partiram rastreando a onça com a ajuda dos dois cachorros que restaram. Jaci era um deles, para alegria do Curupira, que a afagava constantemente.

A onça-preta tinha sido ferida nas escaramuças com os cinco cães que matou. Porque um cão daqueles não morre sem antes fazer valer as palavras de João dos Piratiningas: "Todo golpe deve ferir seu oponente".

Uma onça sangrando não representava grande dificuldade para ser rastreada pelos cães, que agora eram partidários ativos da vingança que Yawara pretendia executar. Assim, partiram do rio Jurubatuba em direção ao sul. Os quatro com a mesma mentalidade de encerrar aquela contenda. Caminhavam pela mata densa em silêncio, concentrados, parando poucas vezes para beber água, comer um favo de mel ou fazer as necessidades.

Enquanto o grupo de caça caminhava, longe dali o Frade Simião, já devidamente lavado em água de cachoeira gelada, chegava de volta ao roçado com notícias alarmantes para Iara e Moema, as duas meninas que tinham ficado trabalhando enquanto ele e Acir colhiam goiabas.

Com seria de se imaginar, seu teatro mirabolante não encontrou barreira na mente já convertida das duas crianças. A surpresa do acontecimento súbito, inédito, parcialmente incoerente, mas urgente, encantou-as de imediato. A confusão vinha acrescida da possível presença e intervenção do próprio e superpoderoso Menino Jesus, que de alguma maneira ajudara a salvar Acir de morrer na queda na ravina, talvez gerando ventos com os lábios ou fazendo-o levitar com um estalar de dedos. As circunstâncias excitavam a imaginação das meninas exatamente na direção que o Frade Simião desejava.

Foi sonhando em viver esse tipo de aventuras que elas deixaram tudo que conheciam e em que acreditavam para trás. Foi por essa aceleração dos sentidos provocada pela certeza de que o destino prepara para nós, somente nós, um caminho especial e único, sem afazeres mundanos, para muito além das regras e contextos que ordenam a vida cotidiana.

Não foi muito diferente de quando, com catorze anos, embarquei em minha primeira aventura partindo do Porto de Lisboa rumo à costa da África, Bacharel.

Lembro exatamente da sensação plena de me sentir vivo como nunca antes me sentira. O gélido vento que corre na costa de Portugal ardendo a garganta e lascando-me a face enquanto o sol salgado e seco queimava-me a fronte. Não mais um filho da puta qualquer. Não. Um senhor do destino. Um peregrino no mundo da aventura. Um autor sentado em frente às páginas onde sua vontade irá impor novecentas ou mais teses sobre tudo o que há sob a abóbada dos céus. Uma joia ímpar no arranjo celestial.

Sabia, ou cogitava, tudo de errado que poderia me acontecer, mas principalmente acreditava que tudo de melhor iria me acontecer.

A juventude é senão isto: olhar o universo em decomposição ao seu redor e acreditar que somente você será excluído do domínio do caos e das incertezas da realidade. Consiste em ter certeza de que a própria imaginação e as aventuras às quais você aspira têm a chance, mesmo que ínfima, de se sobrepor às ideias que Deus concebeu para nós, criando dores e horrores inimagináveis, destinados a abrir nossos olhos para a perfeição fugaz do amor e da compaixão. A juventude não enxerga a compaixão. Faltam-lhe os pesares de ontens sofridos e a premonição de amanhãs ainda piores.

Assim, as duas seguiram ofegantes, felizes, rindo uma da cara da outra, andando lado a lado e batendo ombros, imaginando, sonhando e desejando o encontro com algo tão extraordinário quanto elas se consideravam ser.

Duas pequenas, convertidas a uma religião que nunca existiu, atrás de um frade que nunca foi frade, na esperança de encontrar o Menino Jesus e vê-lo demonstrar suas super-habilidades em passes de mágica implausíveis. Duas indiazinhas a caminho do recôndito intestinal onde se abrigou o mal em sua forma mais pura, prestes a conhecer em suas dobras a veemente expressão da palavra que ninguém ousa sussurrar.

Raíra chegou ao roçado do Frade Simião algumas horas depois que o trio havia partido. Se já andava preocupada por aqueles tempos, o vazio silencioso que encontrou por lá fez seu coração apertar e sua respiração encurtar.

Fosse ali qualquer outra índia ou índio, teria se dado por satisfeita, ou pior, tentado seguir pela trilha que leva ao fim do planalto, descendo a Serra de Paranapiacaba em direção à costa e depois subindo rumo a nordeste, pelo litoral, até o Porto dos Escravos. Mas ali estava o melhor caçador dentre todos de Piratininga, à exceção de Yawara, que vinha se tornando, como sempre, prodigioso nessas artes também.

Depois de rodear a oca e o roçado, Raíra se fixou numa das trilhas, que apontava para os lados do Capivari, onde se colhiam muitas frutas e mel, um lugar lindo e cheio de cachoeiras.

A grama alta na boca da trilha ainda estava amassada, tentando se erguer das pisadas pesadas de Simião. Um detalhe mínimo, invisível ao olho destreinado, mas um mapa para o rastreador que observava a cena aguçado pela angústia de encontrar a filha. Pegadas recentes — e, pela distância entre os passos, agitadas — apontavam o caminho.

Enquanto isso, Yawara e o Curupira seguiam pelo outro lado, descendo rumo a sudeste na direção do rio Capivari, vindos do rio Jurubatuba no encalço do Anhangá-onça, que não pretendiam deixar viver muito mais.

Yawara reparou que o Curupira começara a agir de forma estranha, levantando e baixando as sobrancelhas em velocidade acelerada e ininterrupta, de um jeito que lhe arregalava os olhos cor-de-âmbar. Parecia estar falando sem parar, mas em total silêncio.

Isso aconteceu logo que chegaram a um vale que subia em direção a alguns morros crispados de pedra, em uma área muito irrigada por regaços e pequenos córregos, com muitas fontes de água emergindo dos morros acima. Ali, depararam com uma ravina rasgada na geografia, um vão criado entre dois planos de pedra horizontais.

O Curupira estava agitado e insistia que não chegassem perto do lugar. Apesar de toda a amizade que desenvolvera com Yawara, a sobrevivência ainda falava mais alto. Aquele amigo poderia sumir subitamente como um dia sumiu sua mãe. Ou pior, poderia querer matá-lo para ficar com a riqueza contida no desfiladeiro. Mas, é claro, o comportamento incomum do Curupira contribuiu mais para deixar Yawara intrigado do que para dissuadi-lo de ver o que havia ali de tão interessante.

Yawara se interessou em olhar.

O que viu foi um caminho de aluvião, um córrego seco que serve aos rios da região como trilha de escape para o excesso de água na época das chuvas, sobretudo perto da Páscoa, quando chovia tanto que os rios transbordavam, criando novos caminhos na terra ou mesmo desenhando afluentes temporários.

Um fio de água de menos de um palmo corria ao centro de uma braça de cascalho bege, formada de pedriscos pequenos e roliços. Espalhados sobre os pedriscos, pedaços de troncos e galhos, pedras maiores, folhas de palmeira e outros dejetos depositados ali pelo último jorro do aluvião.

Mas havia um elemento estranho na cena. Algo fora do lugar, que os olhos não esperavam encontrar: espalhados por todo o fundo havia cacos e hastes muito brancas. Um branco incomum naquela natureza. O branco das ossadas, crânios e costelas de índios. Índios muito pequenos. Um regaço de ossos de curumim.

Como era possível existir algo assim?

28

Não ocorreu a Yawara se perguntar por que haveria naquele lugar tão remoto uma corda de algodão grossa, cheia de laços, própria para escalar, descendo até o fundo da ravina, já previamente amarrada num tronco caído ao lado da fenda.

Quem a teria colocado ali? Com que fim? Também não ocorreu ao Curupira contar que fora ele que havia colocado a corda ali para buscar ossos para suas sopas. O demônio de cabelos-de-fogo estava plenamente contrariado com a situação, portando uma cara de desgosto como Yawara antes nunca vira estampada em seu semblante horripilante.

É assim que funciona a visão dos que buscam a vingança: só enxergam o que contribui para sua narrativa, desconsiderando o que está na sua frente em prol de inferir sentido onde não há. Não é verdade, Bacharel? Sendo assim, Yawara ignorou a corda e agarrou-se à ideia de que o Anhangá-onça estaria por ali a espreitá-los.

Aqueles ossos na ravina só podiam ser um sinal da presença do espírito maligno. A floresta avisava que estavam se aproximando do lugar aonde nenhum índio deveria ir, como o portal que Dante colocou na entrada do seu Inferno. Mas Yawara nada sabia de Dante ou do Inferno. Talvez fosse ele mesmo um emissário do inferno dos índios e por isso reconhecia ali uma memória oculta de sua moradia original.

Yawara se pôs muito atento, apertando contra a palma da mão o cabo da zagaia, ansioso com o presságio. Seguiu caminhando ao lado do desfiladeiro, subindo no sentido da nascente para ver de onde teriam vindo aqueles ossos e, quem sabe, onde estaria escondida a onça-preta que nunca se deixa matar.

Conforme evoluíam, continuavam a olhar para dentro da ravina — para a trilha de pedaços de esqueleto. Mãos, pés, crânios ainda presos nas colunas e costelas, pedaços de mandíbulas e outros ossos formando uma trilha de farelos macabros. Yawara atento para qualquer sinal de pegada de onça, sangue, pelos, bosta ou qualquer desvio na natureza original que seus olhos pudessem capturar.

Chegaram até um fosso escavado na terra, claramente obra de alguém, pois não era uma formação própria da natureza. Um pequeno lago artificial cheio de água, que entrava por um lado, muito esparsa, e saía pelo outro em direção à ravina. Dentro da água esverdeada, mas inesperadamente límpida, viam-se dezenas e dezenas de esqueletos de curumins.

O fosso ficava próximo de um afluente do Capivari. A região é plena de fontes de onde a água brota direto do chão. Uma delas encontrou seu caminho até ali e fez do fosso parte da sua trilha, que continuava até entrar pelo desfiladeiro. Era dali que tinham vindo os ossos que haviam encontrado antes. Era uma cova coletiva inundada.

Sem que Yawara visse, a língua pontuda e vermelha do Curupira passou desejosa, de ponta a ponta, pelos beiços carnudos. Ele acabara de encontrar outro tesouro mágico. Uma sorte inacreditável para aquele sobrevivente. Tinha anos de sustento guardado ali ao seu dispor. Soltou então uma das suas gargalhadas arrepiantes, fazendo com que Yawara lhe retornasse um olhar severo. Estava atrapalhando a concentração necessária para rastrear a onça. A dupla ficou um tempo observando o pequeno açude funesto, tentando encontrar lógica numa construção tão mórbida.

Se aqueles restos fossem de inimigos, ali eliminados em uma guerra passada, não haveria por que organizá-los numa cova. Bastaria deixar os restos para a floresta. Se tivessem sido comidos pelos vitoriosos, haveria resquício das fogueiras que os índios fazem para assar os sacrificados. Mas eles em geral preferiam levar os prisioneiros até a aldeia para devorá-los.

Só o que havia ali era um fosso arredondado com as bordas desbeiçadas pela água entrando por um lado e saindo por outro. Também não eram restos de gente querida ou próxima de ninguém, pois não havia sinal de respeito ou organização no descanso final — urnas, adereços, enfim, nada, nem mesmo a disposição dos corpos, que indicasse qualquer apreço dos que ficaram por aqueles que ali estavam amontoados para sempre.

Nada fazia sentido.

Ao mesmo tempo que Yawara e o Curupira chegavam ao desfiladeiro dos ossos antes de encontrar o fosso cheio de morte, Raíra entrava pela trilha que saía do roçado do Frade Simião, rastreando Iara, observando as menores variações do ambiente como só os índios sabem fazer: atenta aos galhos quebrados, marcas de pegadas, lendo cada pequena diferença no arranjo das folhas mortas pelo chão, escolhendo o caminho a cada bifurcação. Um caçador no entendimento perfeito de como se comporta a presa e de que decisões ela é capaz de tomar naquele ambiente.

Finalmente, chegou a uma clareira numa região acidentada, onde paisagem é só floresta espessa no terreno irregular, formado em aclives e declives sem fim, com vales cortados por riachos e fios d'água numerosos demais para se contar.

Numa das encostas, havia uma caverna de paredes rochosas difícil de ser notada, reentrância de pedra escondida atrás da vegetação. De fato, Raíra percebeu que ela estava ali antes pelo cheiro do que pela visão. A madeira queimada mandava seu recado para a rastreadora, que passou a buscar sua origem e então percebeu a caverna.

Caminhou feliz e ao mesmo tempo atemorizada por encontrar os rastros do grupo, chegando até a entrada da caverna. Dali, as pegadas seguiam por uma trilha menor, que ia dar na cachoeira que ela conhecia, porém, eram apenas pegadas de um adulto, provavelmente do Frade Simião.

Era um lugar sombrio, úmido e tenebroso, as paredes rochosas tomadas por manchas de limo dispostas em finas camadas verde-claras. Exalava o odor pungente e podre da decomposição que acontece longe dos raios do sol.

O cheiro da madeira queimada indicava que alguém estava ou havia estado ali recentemente. Quem quer que fosse havia usado o fogo para iluminar sua viagem naquelas profundezas. Era um lugar do Anhangá, o espírito antigo que traz os pesadelos. Era um lugar de morte, a velha parceira de Raíra.

Montou flecha no arco e entrou sorrateiramente na penumbra da gruta sentindo sob os pés a água fétida e gelatinosa laminando o chão rugoso, ocasionalmente interrompido pelas camadas macias de limo.

Ouvia um ruído estranho, como o de um animal morrendo, mas sem saber dizer que tipo de animal, o que era muito estranho uma vez que conhecia os momentos finais, os sons e os cheiros que a morte de todos os seres viventes emanava. Havia matado de tudo que nascia naquela terra e também visto de tudo morrer, mas em seu léxico de mortes catalogadas não encontrava a lembrança correta que explicasse o som que ouvia naquele instante.

Seguiu caverna adentro sem se deter por medo ou hesitação, pois esse era o seu costume de caçadora. A gruta se estreitava num corredor onde o arco, que era do seu tamanho, ia esbarrando ora no teto, ora no chão, ora nas protuberâncias das paredes rochosas.

Então viu uma luz no fim da estreita passagem e sentiu chegar ao nariz, um pouco mais intenso, o cheiro de madeira queimando.

Caminhou pisando leve até o fim desse corredor, que virava à direita. Dali, viu que a gruta se abria em um amplo salão, da altura de quatro homens, iluminado por uma fogueira instalada num dos cantos.

A luz do fogo bailava criando uma revoada de sombras projetadas pelas centenas de pontas de pedra espalhadas pelo teto do salão. Um céu da boca repleto de dentes.

Acredite, Bacharel. Raíra havia chegado ao Inferno.

Então viu o animal. Um bicho todo vermelho, arfando desesperadamente enquanto devorava um outro animal menor.

Só poderia ser o Anhangá.

Raíra se sentiu muito infeliz por ter entrado ali naquele exato momento. Um calafrio lhe percorreu o corpo esguio e musculoso de guerreiro. Sempre existem consequências para quem ousa incomodar os grandes predadores quando estão se alimentando.

Mesmo vendo tudo que ocorria à sua frente, seus olhos não se ligavam às suas memórias e ideias. Não faziam juízo ou ordenação daquilo que enxergavam.

Em meio a esse torpor, seguiu adiante, aproximando-se do animal vermelho em silêncio, desatenta para o fato de que a luz também a atingia e formava uma sombra agigantada atrás dela na parede da caverna.

O animal seguia devorando a vítima mantendo o corpanzil pressionado contra ela, imprensando-a contra o chão com movimentos contínuos.

Sua cabeça balançava para os lados, girando errática como se estivesse acompanhando o ritmo de tambores que Raíra não ouvia.

O animal soltou subitamente um uivo longo e doloroso como se estivesse arrancando uma flecha cravada no corpo. Um som de alívio.

"Aaaahhhhhhhh."

O Anhangá parou de se mexer por alguns instantes e deixou a cabeça pender até a testa tocar o chão, arfando pesadamente.

Foi só quando o movimento à sua frente cessou que Raíra conseguiu retomar o fôlego. Estivera sem respirar desde que entrara no grande salão e vislumbrara o espírito do mal se alimentando. Conforme o ar foi entrando em seu corpo e acordando os sentidos, Raíra finalmente reconheceu Iara. Mas não a sua Iara. Sua filha geniosa e cheia de vida. A criatura que renovara sua vontade de viver. A menina que lhe dera a determinação de insistir em ser índio e caçador — simplesmente para poder viver — e viver apenas para vê-la viver também. Para estar ao seu lado enquanto tudo ao redor se consumia em caos e incerteza. Iara, que a chamava para estar aqui, no hoje e a seu lado, esse único lugar onde é possível estar. Pois não é isso o amor, Bacharel? Atravessar essa escuridão de mãos dadas com alguém?

Iara estava olhando diretamente para ela. Seu rosto estava muito machucado, com um dos olhos inchado e contornado de roxos e rosas. Havia um fio de sangue escorrendo pelo canto da boca, que estava aberta e revelava a falta de alguns dentes que antes não faltavam.

O corpo de Iara ainda estava sob o animal, que vagarosamente se erguia naquele momento. Já a cabeça da menina, separada do corpo, restava no chão da caverna a uma braça de distância do monstro.O rosto de Iara, olhando para a mãe, tentava entender o que havia ocorrido de errado para que no encadeamento infinito das possibilidades de acontecimentos anteriores o hoje tivesse se formado dessa maneira tão obscena. Os olhos estáticos olhavam diretamente para Raíra, perguntando: "Por quê?".

Raíra ainda estava paralisada olhando para o rosto de Iara quando o animal vermelho se ergueu abruptamente e correu para um canto escuro da caverna. Não conseguia se mexer ou se desvencilhar daquele olhar. Se parasse de olhar para aquele rosto, o mundo todo se esfacelaria de uma vez.

O animal vermelho voltou segurando um bastão. Raíra ainda teve tempo de reconhecer, de dentro do redemoinho de horror onde sua mente girava, que era o tipo de bastão que cospe fogo. Um que só os homens brancos têm e usam contra os índios. Reconheceu também, num último instante, o rosto do Frade Simião.

Yawara e o Curupira estavam a menos de um quarto de milha da entrada da caverna quando ouviram o estampido seco da pólvora explodindo. Os dois saltaram como se tivessem pisado num ninho de escorpiões, olharam um para o outro e aceleraram o passo na direção de onde viera o som.

29

João dos Piratiningas olhava tudo como um general olha para o campo onde perdeu sua última e decisiva batalha numa guerra — com uma inquietação diferente lhe subindo à cabeça a cada pedaço do terreno que contemplava. Seus olhos mal repousavam, deslizando incertos de um canto para outro. Olhos contrariados.

Uma dúzia de guerreiros e alguns dos principais da aldeia o acompanhavam, entre eles Acauã, adornado por uma miríade de penas coloridas que contrastavam com seu semblante pétreo. O pajé vagava entre os homens sem muita decisão, como uma prostituta bêbada perdida em um funeral, seus adornos destoando do clima soturno que dominava as conversas e intermediava os olhares trocados ali pelos índios.

Muitos suspeitavam que Iara fosse sua filha. Mas era impossível saber. Talvez fosse indesejável saber. De qualquer modo, Bacharel, aqueles homens percorriam a cena toda em silêncio. Passaram um bom tempo observando o fosso cheio de ossos de curumins. Investigaram as cercanias. Examinaram os restos. Olhavam-se confusos.

Em seguida, o grupo todo entrou na gruta para verificar o interior. Cada um deles tentando dar algum sentido àquele novo tipo de mal que acontecera ali. Um novo tipo de mal, Bacharel. Um mal que nunca havia ocorrido na imaginação nem na realidade daqueles índios.

Porque, por trás de todas as ideias mortais e diabólicas desses índios, e mesmo das ideias de seus inimigos, existe sempre algum tipo de razão e algum tipo de moral, mesmo que torta e insana, para justificar o que se faz, o que não se faz, o que para eles é o mal e o que é o bem. Comem os inimigos porque querem sua coragem e ousadia. Deixam os velhos para trás para morrer de fome porque senão os jovens morrem junto. Matam seus bebês deformados para protegê-los de uma existência ainda pior. E assim por diante.

Mas o mal que manchava aquela cachoeira, aquele fosso e aquela caverna era um tipo de mal sem origem e sem registro na lógica construída em comum por aquele povo e seus ancestrais.

Não eram incomuns nas guerras os esquartejamentos, decapitações e todo tipo de selvageria, mesmo contra curumins. A violência física que se via ali montada era banal para eles. Mas essas ações eram somente feitas contra os inimigos e durante as guerras. A guerra é que dava sentido e moral à ação. Mas a ação, liberta do sentido que a guerra impõe, atentava contra a lógica dos índios.

Por praticarem a violência extrema desde pequenos, eles não têm fricotes com ela, isso é coisa de europeus cristianizados como nós, Bacharel. Para aperfeiçoar sua prática, construíram um código que permite o exercício da crueldade constante sem que a loucura os aflija.

A violência para eles é a justiça. E a justiça, violência. Quando surge uma nova violência — uma que põe em dúvida o motivo original que a causou —, a ocorrência põe em dúvida o significado do que é a própria justiça para eles.

O corpo de Iara continuava como estava quando o Frade Simião finalmente gozou dentro dele: estirado no meio do grande salão da gruta, de bruços, com braços e pernas espraiados, todo manchado de sangue, especialmente as nádegas e os ombros. A cabeça decapitada tinha rolado e estava disposta a uma braça e meia de distância do resto.

Seguia com os olhinhos abertos, mirando estáticos o vazio à sua frente, como se ainda estivessem se perguntando: "Por quê? Por quê?".

João dos Piratiningas observou as pedrinhas e raspas de metal cravadas em uma das paredes, que formavam uma espécie de pintura sem sentido. Eram os detritos de pedrisco e metal do tiro de arcabuz que o Frade Simião dera em Raíra. Em volta dos pequeninos buracos na parede havia gotas de sangue, que as pedrinhas disparadas haviam recolhido do corpo do guerreiro antes de colidirem com a parede.

Na aldeia de Piratininga, Raíra estava deitada na rede, desacordada, enquanto um grupo de mulheres trabalhava em seu corpo, retirando uma constelação de pedrinhas e raspas de metal cravados em boa parte da barriga, coxas, rosto e em um dos braços. Cuidavam do guerreiro Raíra contrariadas, mas sob as ordens de João dos Piratiningas, o que significava que o trabalho deveria ser tão diligente quanto seriam duras as consequências de não o fazer. Passavam bálsamos preparados pelo Pajé Acauã, que conhecia todas as plantas da floresta e suas utilidades. Até o Cacique Tibiriçá tinha ido olhar os ferimentos, não para saber de Raíra, mas para observar as consequências dessa nova arma do homem branco e ponderar sobre como se poderia sobreviver a ela.

Dentro da caverna só havia um guerreiro que fazia frente a João dos Piratiningas em tamanho e presença física. Um rapaz de quinze anos, rosto angelical, o largo peitoral cruzado por cinco riscos horizontais, paralelos e simétricos, os músculos empurrando a pele para fora como peixes nadando na superfície da água. Nem claro nem escuro. Movia-se como um lobo andando entre ovelhas. O olhar era gélido como um dia de inverno no Atlântico Norte — uma vasta escuridão tormentosa de indiferença.

Se algum daqueles guerreiros tivesse a ousadia e a coragem de chegar perto de Yawara, teria ouvido o que ele sussurrava sob a respiração.

"Anhangá. Anhangá. Anhangá..."

Novamente ele, o espírito antigo que traz os pesadelos, viera para tirar dele o pouco que o amarrava neste mundo. Não importa que soubesse que todos ali concordavam com a teoria de que o Frade Simião dera um tiro de arcabuz que quase matou Raíra quando foi pego perpetrando seu novo tipo de mal ainda sem nome. Para ele era mais que isso. Yawara tinha uma certeza. Aquilo era obra do Anhangá. Contava a todos como seguira a onça-preta. De que outra forma a onça-preta poderia ter conduzido ele e o Curupira até ali, no exato momento em que a escuridão engolia o mundo de Raíra? De que modo, na vastidão da floresta, no espaço não mapeado do tempo, na largueza insondável de Pindorama, de que modo poderia haver coincidência tão improvável senão pela obra da própria floresta operando a serviço do seu espírito mais maligno?

Yawara se lembrou do menino Cajuru, que perdeu a vida no mesmo momento em que nascia o seu destino de vingança — a força que empurrava sua existência adiante.

"Anhangá. Anhangá. Anhangá..."

O pajé agora juntava a cabeça ao corpo de Iara e depositava os dois numa rede que seria carregada pelos guerreiros até a aldeia, onde seria então realocado para uma urna feita para guardá-la. Haveria rituais para livrá-la do contato com o Anhangá. Haveria rituais de despedida. Então a urna seria enterrada.

Bacharel, enquanto o Pajé Acauã fumava um rolo grosso de tabaco, baforando a fumaça sobre o corpo inerte de Iara feito um dragão atacando uma cidade, Yawara repetia sua oração. "Anhangá. Anhangá. Anhangá..."

Uma vez recolhido o corpo da indiazinha e um outro encontrado por eles, o da menina Moema, num dos cantos do salão em estado ainda mais desconstruído do que o de Iara, o grupo seguiu até a entrada da caverna. Depois retornaram para a aldeia num silêncio crepuscular.

À noite, os principais se reuniram, somente os homens, pois é assim que esses índios deliberam sobre a guerra, Bacharel. Depois de ouvir a todos, o Cacique Tibiriçá deixou que o Pajé Acauã proferisse a decisão do grupo, uma vez que havia suspeita de operação do Anhangá ou outras forças ocultas no ocorrido devido ao insistente testemunho de Yawara.

"A floresta me trouxe um sonho", começou o pajé. "É a vontade dela que o novo mal seja vingado. Pois se um mal não é vingado, a coragem do nosso povo será posta em dúvida por nossos inimigos. O Anhangá se apossou do Frade Simião, e se ele continuar a viver o Anhangá vai continuar a perseguir os tupiniquins em Piratininga ou aonde quer que o nosso povo vá. Nossos batedores descobriram que ele se escondeu no forte de madeira, o forte que os contrabandistas fizeram em Piaçaguera de Baixo, para vigiar a trilha até o Porto dos Escravos, no fim da descida de Paranapiacaba. O caminho é perigoso, muitos inimigos têm o hábito de tocaiar por lá. Desçam. Desçam rápido. Cinquenta guerreiros, é preciso levar cinquenta guerreiros. O forte não é grande coisa, uma paliçada com duas fieiras de pau. Os homens brancos têm os canhões de mão que cospem fogo e metal. É preciso pegar as armas, pegar provisões. Ouçam o comando da floresta. Não voltem a Piratininga sem a morte pingando das mãos e a carne do inimigo para nos alimentar. Ou o Anhangá vai fazer de Piratininga sua morada."

O pajé fez uma pausa e olhou para o grupo até se fixar em um dos guerreiros.

"Yawara! Você deve liderar o grupo. Leve os cães. A floresta me mostrou em sonho que esse é o seu destino." E depois de mais um silêncio: "Alguém se opõe?".

Pense, Bacharel, se alguém seria idiota de se opor.

"Não voltem enquanto não atenderem a vontade da floresta."

O Pajé Acauã terminou sua fala e chamou Yawara de lado. Foram a um canto conversar a sós.

"Havia mais uma coisa no meu sonho. A floresta me disse que sua vingança deveria ser ardida, quente e doce. Prepare-se para fazer a vontade dela. Vá, menino-que-morde. Você agora é a vontade da floresta."

Os cachorros de Yawara, preparados através dos séculos para existir com esse fim específico, estavam prestes a se encontrar com seu destino traçado pelos romanos numa linha reta até aqui, onde iriam, finalmente, montar a mais suja das cadelas: a guerra entre os homens.

30

Com Raíra fora de combate, deitada e coberta de ferimentos numa rede em Piratininga, os tupiniquins desceram a serra que dá no mar sem seus dois melhores guerreiros. Porque, além de Raíra, João dos Piratiningas não desceu para a guerra. De fato, aquele homem branco tornado canibal não estava nem um pouco feliz em perder seu principal emissário e negociador. O português que virou índio ainda mantinha escondidas dentro dele, junto com o homem original, ambições de riqueza e ideias de poder que iam muito além da mentalidade e imaginação dos bugres. Havia também um sentimento de lealdade ao único outro homem branco daquele lugar. Mas a falta dos dois guerreiros não parecia afligir a tropa nem um pouco.

Uma novidade havia despertado ainda mais do que o habitual o espírito de luta daqueles guerreiros. Se lutar ao lado de João dos Piratiningas, o branco virado do avesso para tornar-se guerreiro-índio, já trazia confiança enorme ao grupo, a chegada de Yawara, mesmo que ele continuasse a ser silencioso e indiferente como sempre, fazia com que os tupiniquins se sentissem invencíveis.

Um rapaz de quinze anos, um palmo e meio maior do que todos ali, o demônio-cão da floresta, o protegido de Ahó Ahó, o parceiro de correrias do próprio Curupira, o caçador de onças, o portador do distintivo das suas garras traçadas perfeitas no peito, criado apenas com a ajuda da própria força de vontade, caminhando despreocupadamente, cercado de cães de guerra — aquele era um espetáculo que contaminava a imaginação de todos. Não havia um só deles que não estivesse excitado com a ideia de participar daquela guerra. Comportavam-se como um grupo de cinquenta Iaras entrando na trilha para conhecer o Menino Jesus.

É isso que a fama faz nas cabeças dos mais simples, não é, Bacharel? Quantos milhares de cruzados foram dizimados na empreitada vaidosa do sodomita Ricardo Coração de Leão na tentativa de retomar a Terra Santa para expiar a culpa devastadora que sentia pelos desejos inconvenientes que lhe subiam pelo rabo? Quantos não foram atrás dele sem saber que ele corria o mundo para atormentar o coração do amante, Filipe da França? Quantos não padeceram em todo o Levante caçando sarracenos atrás do homem que tinha tal sanha de sangue que até hoje seu nome é usado para assustar as crianças que não querem obedecer? Ninguém se lembra do nome desses milhares que morreram para figurar num canto esquecido da história, que no fundo é a história de um homem só. Assim, os famosos conduzem os anônimos para as guerras, Bacharel.

Os cinquenta tupiniquins se sentiam mil. Desciam trotando, junto com um demônio, para caçar homens brancos. Não pareciam um esquadrão de canibais assassinos marchando para a guerra. Comportavam-se como uma alegre procissão carregando a estátua de Santa Inês até a praça da igreja para celebrar uma festa com enforcamentos, bem o tipo de festividade prosaica que tanto alegra minha saudosa Montepulciano, Bacharel.

O grupo seguia rumo ao forte, e os batedores corriam na frente averiguando e antecipando as possibilidades de emboscadas. Yawara havia dado ordens estranhas para os guerreiros. Além das armas, deveriam levar muitos cestos de palha trançada.

A guerra. Essa é a paixão que guia a existência de todos na Terra do Pau-Brasil, Bacharel. A força constante que empresta sentido a tudo. Aqui não se guerreia por riquezas como na Europa. Os índios se matam, se esfolam e se escravizam para definir e redefinir constantemente quem são. Não se movem pela falta de comida ou terras. Não buscam riquezas. Não querem o poder de comandar mais e mais homens até preencher a terra toda com sua vontade como Caio Júlio César. Travam guerras de vingança e ódio por querelas que ninguém lembra como ou por que começaram. A paixão pela guerra os cega para qualquer vantagem que a sensatez e a paz possam um dia oferecer.

Sem a guerra não seriam nada. Não saberiam entender quem são ou para que servem. Não são como nós, que existimos para servir a vontade de Nosso Senhor e guardar algumas pratas nos bolsos recolhidas pelo caminho.

Pois bem, ao término da descida da Serra de Paranapiacaba sem grandes eventos ou contratempos, os batedores voltaram com informações sobre o forte.

Era uma paliçada dupla de troncos de maçaranduba queimados e afiados em estacas pontudas, perfiladas e amarradas lado a lado, com um fosso cheio de espetos curtos no espaço entre as duas paredes de estacas. O forte era quadrado, com uma plataforma para os arcabuzeiros em toda a volta. Tinha apenas uma entrada e uma edificação, similar às ocas que os índios daqui constroem, situada ao centro do pátio.

Ficava numa das laterais da trilha que seguia rumo a nordeste, paralela ao mar em direção ao Porto dos Escravos, num descampado arenoso de mato ralo com um córrego correndo a oeste junto da mata espessa, a um quarto de milha da murada.

Havia pelo menos quinze ou vinte homens ali, armados com arcabuzes, ou espingardas, como alguns chamam, o mesmo tipo de arma que o Frade Simião usou contra Raíra. Essa arma está mudando as guerras na Terra do Pau-Brasil, Bacharel.

Os índios daqui gostam mesmo é de se engajar na luta corpo a corpo. A guerra à distância não faz muito sentido para eles. Impor sua vontade ao outro a pauladas traz muito mais satisfação a eles do que uma seta bem colocada de uma distância segura. Ao contrário de

Átila e seus demônios hunos, que faziam de tudo para não se aproximar do sangue dos inimigos, que consideravam sujo e contaminado, atacando em ondas de cavalaria, montados em pé nos cavalos e girando em círculos cada vez mais próximos da frente de combate, esses aqui querem olhar no olho dos que matam. Usam as flechas só como preâmbulo para o verdadeiro baile.

Mas o arcabuz está alterando as guerras. Mesmo que essas armas demorem para ser recarregadas, um ataque frontal e intempestivo é certeza de perdas importantes na tropa. Correr em direção ao arcabuz é como correr pelado rumo a uma onça. Uma péssima jogada.

A ideia de enfrentar quinze a vinte arcabuzeiros pairou sobre a animação da tropa como um peido fedido. Exceto, é claro, sobre Yawara, que nem prestou atenção ao que os batedores diziam, gastando seu tempo olhando para a mata como se estivesse buscando alguma coisa escondida nas sombras enquanto eles gesticulavam preocupados.

Normalmente os guerreiros tupiniquins acampariam próximos ao local do ataque, mas sem fazer fogueiras para não despertar a atenção do inimigo, e atacariam na mais alta madrugada, pouco antes dos primeiros raios do dia.

No caso de uma batalha comum, também passariam um tempo ameaçando os inimigos, frente a frente no campo de combate, trocando insultos e bravatas antes de começar a carnificina.

Para atacar uma fortificação como aquela, teriam de ser mais estratégicos e arrumar uma maneira de tirar os arcabuzeiros de dentro da murada, fazendo um cerco ou usando alguma outra das infinitas artimanhas de guerra.

Como cinquenta homens não cercam vinte, ainda mais vinte arcabuzeiros alojados dentro de um forte, e os tupiniquins não tinham provisões para organizar um cerco longo, outro plano deveria ser traçado.

O que eles não sabiam é que Yawara já tinha um plano. E que o plano tinha sido criado pela própria floresta.

31

Enquanto isso, na rede em Piratininga, Raíra melhorava dos ferimentos. Mas, ao mesmo tempo, a vontade de viver se extinguia lentamente dentro dela — a chama da vela que está ao centro de tudo, iluminando a noite escura, soltando a fumaça branca da alma no ritmo do coração cada vez menos apegado à vida, em redemoinhos mínimos e concêntricos, menores e menores e menores. Uma chama cálida que quase não produzia mais sombra. Porque se a guerra é o guia da vida em Pindorama, dentro dos índios existe, do modo bruto e ímpio desses infiéis, algo muito parecido com o que nós, homens civilizados, chamamos de amor, Bacharel. Então tomo a liberdade de nomear como amor aquilo que Raíra sentia pela filha Iara.

Durante muito tempo, Raíra, como todo guerreiro, sentia que a violência era o elemento mais profundo e verdadeiro da vida, o que dava sentido à sua existência. O gozo da morte alheia. O prazer do sofrimento do outro ao invés do próprio. A energia pulsante de ver outra vida se extinguir para enxurrar a alma com a precária, mas fulgurante, sensação de continuidade da própria vida. Uma sensação que nós dois conhecemos bem, não é, Bacharel?

Tanto que Raíra dedicou enorme empresa pessoal ao objetivo de tornar a si mesma a mais letal das armas, o mais ardiloso guerreiro e o mais mortal caçador daquele lugar.

Mas o nascimento de Iara mudou tudo, mesmo para aquela fêmea que pensava-se macho. A natureza tem desígnios incontornáveis e complexos que confrontam os desejos e as expressões do que pensamos ser. Assim, a chegada de Iara transformou Raíra em outra coisa — ainda mais paradoxal e complexa do que era antes. Ela se tornou mãe e guerreiro.

Eu não lhe contei, Bacharel, mas minha própria mãe, Vanozza, a Vermelha, também mudou drasticamente logo depois do meu nascimento.

As outras putas da estalagem me contaram que, antes de eu nascer, Vanozza era normal e até bastante alegre, cantava, tomava banho todo sábado, penteava e trançava a longa cabeleira vermelha, enfim, uma mulher vivaz considerando-se a vida curta e dolorosa das putas. Pelo que entendi, era uma mulher despreocupada como algumas mulheres conseguem ser, sabe-se lá como. Mas a mulher que eu conheci não era assim. Era melancólica, distante e louca.

Segundo Catarina, uma puta gorda com um vistoso bigode, nascida em Siena, Vanozza se apaixonou por meu pai, e também pelo seu papel no amor entre ele e Poliziano, que considerava o ponto alto de sua vida. Para ela, ser incluída naquele trio — onde eram discutidas as mais altas ideias e entendimentos sobre a poesia, a filosofia, a existência, o papel de Deus, os segredos dos textos antigos e toda sorte de outras ideias belas e complexas — fez com que acreditasse ser parte de uma narrativa maior do que a vida que tinha imaginado possível para si até ali. Acompanhava as conversas dos poetas como se estivesse ouvindo pássaros cantar: sem entender o que diziam, mas sentindo a beleza pura do som encadeado em notas.

A condição dura do real, aberta a ela no súbito desaparecimento dos amantes de sua vida, quando a gravidez foi descoberta, fez ruir sua mentalidade. Nenhum dos dois jamais retornou a Montepulciano ou mandou-lhe qualquer mensagem. Sumiram do mesmo modo que surgiram: sem aviso algum.

Aquele amor inesperado e imprevisto deixou dentro dela um

vazio que vagarosamente foi sendo preenchido pela melancolia e mais tarde pela loucura. Como alguém poderia, após subir aos Céus, conformar-se em ser abandonado num chiqueiro pelo resto da vida?

A mãe que conheci e que amei me deu tudo que podia: esse corpo forte, essa cabeleira vermelha como fogo e, de uma maneira estranha, o impulso da fuga para a vida de aventuras que escolhi em vez de acompanhá-la, amarrado pelo amor, em sua jornada lenta rumo à loucura completa.

O amor se manifesta também quando nos mostra aquilo que não queremos, que não aguentamos, que não podemos suportar, apontando a realidade da qual devemos fugir e a prisão que não podemos aceitar.

Fugir da sombra de ilusões, do amor desesperado e das expectativas incabíveis da própria mãe talvez seja a aventura que une todos os homens neste mundo, não acha, Bacharel?

Mas com Raíra o amor chegou para roubar da morte o estandarte da força, guia de sua existência. Raíra começou sua jornada em combate contra os próprios desejos e com quem ela teria de ser se quisesse persegui-los. Não tendo outra opção, enfrentou os que não queriam que ela existisse como uma onça. Ninguém que encarou uma onça de perto se importa se é um macho ou uma fêmea que está ali, prestes a devorá-lo.

Quando Iara chegou, as coisas mudaram. Raíra passou a existir em combate contínuo pela vida, não a própria, mas a de Iara, acomodando e ajustando suas condutas com vistas a conduzir a criança até um futuro possivelmente melhor do que o seu.

Quando o futuro de Iara se dissolveu daquela maneira brutal, no chão podre de uma caverna, consumida na boca do Anhangá, rasgada por sua luxúria devassa, dissolveu-se também o que era Raíra.

Nenhum guerreiro seria capaz de derrotá-la em combate, talvez nem mesmo Yawara, João dos Piratiningas ou algum dos outros inimigos: tamoios, carijós, tupinambás, goitacazes, caetés, tamanás ou macunis. Nenhuma besta da floresta poderia devorá-

-la ou enfrentá-la e sair com vida. A disposição física privilegiada também não permitia que as doenças comuns dessa gente se abrigassem em seu corpo. Nem o disparo de arcabuz, empunhado pelo próprio demônio, conseguiu a proeza de fazer tombar aquela mulher, aquele guerreiro, aquele caçador, aquela mãe.

Restou então à morte o último recurso: virar a própria Raíra contra si mesma.

Por fim, em um gesto de vontade própria e expressão da sua determinação diamantina, Raíra decidiu morrer.

E como tudo que decidiu durante a vida, não houve força no mundo que pudesse detê-la também no percurso rumo à escuridão. Nem os cuidados das mulheres ressentidas, nem as curas oferecidas pelo Pajé Acauã, nem as preleções de João dos Piratiningas, nem mesmo uma segunda visita do Cacique Tibiriçá.

Raíra decidiu. Estava decidido.

Cumpriu a decisão sem esforço e sem sangue. Quem pensou que não havia honra ou glória em padecer deitada naquela rede estava errado. Dentro de Raíra conduzia-se a maior e mais dura batalha jamais travada por ela. Nas profundezas de sua mente invertiam-se as palavras que iniciaram tudo. No limiar da escuridão, redigiu-se um Antigênesis: "No fim, era o silêncio, e o silêncio estava com a morte, e o silêncio era a morte".

Ao encontrar Raíra já sem vida na rede, o Pajé Acauã se afastou rapidamente e caminhou até um grande ipê na beira da mata que cercava a aldeia — coberto das flores amarelas tão lindas que lhe vestem a copa em lugar das folhas uma ou duas vezes por ano. Embaixo dele, sentou-se e começou a chorar em silêncio.

Não comeu e não dormiu por três dias. Apenas chorou, derramando lágrimas que rasgavam como agulhas seus olhos cinzentos. Só parou quando a última flor caiu, girando vagarosa pelo ar num rodopio sem peso ou sentido, até finalizar sua evolução, repousando calma e eternamente no chão desta Terra do Pau-Brasil.

32

Em vez de pegar um arcabuz e subir na plataforma como os homens que estavam ali para defender o forte — alertados por um mensageiro de João dos Piratiningas de que a guerra com os tupiniquins estava descendo a Serra de Paranapiacaba —, Frade Simião correu para dentro da cabana ao centro do pátio, ajoelhou-se e começou a fazer algo que para ele era rezar.

"Deus Todo-Poderoso! Oh, Pai! Oh, mais forte dos fortes! Por favor, proteja-me desses filhos da puta malditos. Por favor, use seus poderes magníficos para matá-los cruelmente. Eles querem me comer por fazer o seu trabalho nessa terra que não conhece sua palavra. Bestas! Animais! Monstros! Oh, Todo-Poderoso e belíssimo Rei dos Reis, Senhor dos Senhores, majestoso Criador dos Céus e da Terra, Guardião dos homens brancos, por favor, mate esses bugres e mostre seu poder. Amém!"

Do lado leste do forte, em direção ao mar, os arcabuzeiros observavam do alto da plataforma, nas tintas da primeira luz ainda peneiradas em noite, um pesadelo sendo organizado diante dos seus olhos sonolentos.

A umas setenta braças da murada de madeira, eles distinguiram o vulto de um índio gigante, rodeado de cachorros igualmente monstruosos, segurando uma tocha. Em frente ao índio havia pilhas e mais pilhas de moitas que não estavam lá quando escureceu.

O índio, sereno, acendia as pilhas de arbustos, produzindo aos poucos uma cerca de fogueiras dispostas num semicírculo ao redor do forte. Não havia outro índio à vista e os arcabuzeiros se questionavam se os tupiniquins haviam mandado apenas um índio maluco acompanhado de inesperados molossos de guerra para enfrentá-los. A maioria pensou se tratar de alguma bruxaria. Quase todos fizeram o sinal da cruz. De dentro da maloca no pátio ouviu-se a voz de Simião.

"Quem está lá? São os tupiniquins? Quantos são?"

"Um só. Um bruxo talvez. Muito esquisito."

"Como assim, um só?"

"Sim. Um só. Grande, mas um só. O estranho são os cachorros. Muitos cachorros. Nunca tinha visto cachorros nesta terra. Ainda mais um monte deles juntos."

"Ele é branco?"

"Não. É índio."

"Deus nos acuda!"

A conversa foi interrompida pelo tiro ansioso de um dos arcabuzeiros testando a distância até o alvo. Yawara não se alarmou com o barulho nem olhou na direção do forte e continuou acendendo as fogueiras que, agora, começavam a produzir uma cortina de fumaça densa que o vento maral empurrava, em ondas esbranquiçadas, na direção do forte. Alguns dos cachorros latiram em resposta ao tiro olhando em seguida para o dono para ver se tinham mérito na resposta. Eram um alvo distante demais para acertar.

O ritual seguiu por quase um quarto de hora enquanto a luz do sol subia ao leste, o disco vermelho e branco explodindo os olhos dos arcabuzeiros conforme se erguia bem de frente para eles.

A névoa de fumaça chegou com força até a murada pouco depois que toda a linha de fogueiras já estava acesa. Rapidamente, os mercenários perceberam que havia algo muito errado. O que supunham ser só uma cortina de fumaça para mascarar os movimentos do inimigo era algo muito pior.

Seus olhos começaram a arder muito com uma coceira insuportável. Passaram a tossir descontroladamente. Aquilo não era fumaça de madeira. Havia algo de pestilento naquela fumaça. Algo que queimava a garganta e os olhos. Os arcabuzeiros tentavam se proteger com os escassos panos que tinham sobre o corpo, pois, como todos nós em Pindorama, eram um bando maltrapilho.

Enquanto acendia o fogo, Yawara despejava nele cestas de pimentas de múltiplas cores e tamanhos, colhidas especialmente pelos guerreiros para esse propósito e que já estavam organizadas junto da linha de fogueiras. Essa era a primeira das utilidades dos misteriosos balaios de palha que ele mandara a tropa transportar até ali.

A fumaça era insuportável para os olhos, o nariz e a boca dos inimigos. Muitos desceram correndo ou pularam da plataforma de tiro em busca de abrigo e água, tentando lavar a ardência do rosto nos poucos baldes e barris disponíveis lá dentro.

A vingança seria ardida.

Conforme a confusão se instalava, Yawara e seus cães atravessaram o semicírculo desenhado pelas fogueiras. Foi uma imagem aterradora. Um arcabuzeiro, dizem, se cagou. O guerreiro apertou o passo para uma marcha firme e em seguida correu veloz na direção do forte junto com os doze cães de guerra. Das suas conversas com João dos Piratiningas, ele sabia aproximadamente a distância que poderia chegar sem que um tiro de arcabuz o matasse.

Diante de uma visão tão apavorante, vários dos arcabuzeiros desperdiçaram seus tiros antes da hora. Yawara então começou a gritar enquanto corria na direção deles. Tentava imitar, ao melhor de suas habilidades, os gritos assustadores do amigo Curupira que, empoleirado no alto de um coqueiro posicionado depois do riacho, pestanejava as sempre agitadas sobrancelhas enquanto assistia ao assalto de um índio solitário contra um forte cheio de homens brancos armados.

Ao chegar na distância segura, Yawara passou a correr em paralelo à murada leste do forte, oferecendo um alvo irresistível para os atiradores. Um dos cachorros, mais empolgado com a brincadeira, caiu baleado.

O ponto fraco do arcabuz é o tempo de recarga, Bacharel. Todo mundo sabe, você deve saber. Aqueles idiotas deveriam saber também. Mas o espetáculo cega os homens para a realidade. Tal é o poder da arte. Yawara alimentava a loucura e a confusão em meio à fumaça quando veio a primeira onda de flechas de fogo, lançadas por vinte tupiniquins que emergiram da fumaça sem aviso. Uma dezena de arqueiros em cada flanco, ao sul e ao norte do forte. As pontas das flechas fixadas com chumaços de algodão e cera de abelha eram incendiadas antes de lançadas.

A vingança seria quente.

Os arcabuzeiros se jogaram ao chão da plataforma, buscando abrigo atrás da robusta parede de maçaranduba, onde as flechas estalavam barulhentas quando batiam, espalhando faíscas e chamas. A maloca onde estava Simião começou a se incendiar.

Enquanto isso, outra dezena de tupiniquins, mascarados pela névoa e pela chuva de setas, emergiu subitamente próxima ao forte. Cada um deles arremessou um pequeno balaio de palha sobre a murada. Em seguida, voltaram correndo para junto dos outros e sumiram de vista.

Yawara, que até então continuava gritando e correndo, também deu meia-volta e sumiu na fumaça levando consigo seus demônios caninos.

Agora era uma questão de tempo.

A fumaça da pimenta fazia seu trabalho. O fogo fazia seu trabalho. O sol fazia seu trabalho. O medo fazia seu trabalho. O silêncio fazia seu trabalho. A ansiedade fazia seu trabalho. O caos fazia seu trabalho: os arcabuzes não teriam sido recarregados.

Até que uma saraivada de gritos de dor e horror começou a ecoar vinda de dentro do forte. Parecia o cacarejar das maritacas pela manhã instigando umas às outras com berros cada vez mais altos até formar uma orquestra ensurdecedora.

Quem fazia agora seu trabalho eram as abelhas. Eram milhares e estavam furiosas. Cada balaio de palha arremessado pelos índios sobre a paliçada tinha dentro uma colmeia. Todas se espatifaram no chão dentro da fortificação liberando uma multidão furibunda de insetos.

A vingança seria doce. A floresta avisou.

Ficar lá dentro era morrer picado pelas abelhas. Ou queimado pelo fogo. Ou sufocado pela fumaça. Sair do forte era morrer guerreando contra os canibais e seu bruxo cercado de feras.

Nessas horas, Bacharel, o orgulho dos homens que vivem na lida da guerra acaba falando mais alto. Eles preferem enfrentar a morte com dignidade e sair para guerrear. Foi o que fizeram.

Só não sabiam que estavam guerreando contra Yawara.

Ao sair correndo do forte, carregando arcabuzes, espadas de ferro e até alguns arcos e flechas como os dos índios, os dezessete homens que estavam lá dentro, incluindo o Frade Simião, observaram que só havia um caminho de fuga que representasse um mínimo de chances para realizar uma escapada miraculosa.

Era rumo a oeste, em direção ao riacho e, depois dele, para dentro da mata fechada. A leste estavam as fogueiras e o bruxo demônio. Do lado sul e do norte vinham agora, simultaneamente, gritando, xingando e fazendo caretas, duas linhas de tupiniquins. Enquanto corriam, atiravam as flechas com penas preparadas para a guerra.

Era a melhor saída. A única saída.

Você e eu, Bacharel, que tivemos o privilégio de aprender com este causo algumas das variadas artimanhas e estratégias da caçada da onça, poderíamos prever, bem antes daquele bando de idiotas, o desenlace dessa batalha, não é mesmo? O último lugar para onde um soldado deve correr é para o lugar que parece mais seguro e desejável em meio ao caos.

Agora, a galopada desenfreada do coração dos homens brancos só encontrava paralelo no ritmo alucinante de suas pernas desesperadas ganhando chão rumo ao riacho.

Precisavam atravessá-lo rapidamente, organizar-se com as armas na cobertura da mata e tentar sobreviver ao primeiro assalto dos índios. Depois disso, só Deus poderia dizer.

Teriam assim a vantagem do breve atraso que a travessia do riacho causaria na tropa de índios para tentar alvejar o máximo de guerreiros antes que eles chegassem para o combate corpo a corpo que tanto desejavam.

Faltavam não mais que umas cinquenta braças para chegar ao riacho quando a passada dos homens brancos diminuiu subitamente e as cabeças começaram a se virar para todos os lados em desespero.

De dentro da mata, do outro lado do riacho, apresentaram-se, saindo das sombras sob o verde-escuro das copas, duas dezenas de tupiniquins, já de flecha montada.

Os índios que vinham dos flancos agora estavam prestes a alcançá-los fechando a retaguarda. Estavam cercados. Quem levantou arcabuz na direção da mata morreu flechado na hora, às vezes com mais de uma flecha, sem chance de revide. Quem pegou espada teve pelo menos a chance de combater.

O cerco fechou rápido e a luta foi desigual, dado que os índios tinham o dobro de guerreiros em campo e haviam seguido um bem-traçado plano, executado conforme o esperado enquanto os brancos lutavam consumidos pelo terror, o fogo, a fumaça e as abelhas. Plantar a incerteza na mente do oponente é a mais letal arma que se pode usar nas guerras. A batalha durou pouco.

Não havia sido propriamente uma batalha e sim uma caçada. A luta corpo a corpo do final se mostrou até um pouco festiva para os índios. Mais de um guerreiro tupiniquim foi visto rindo em meio à troca de golpes. Era o caso dos filhos mais velhos de João dos Piratiningas, que tinham traços mestiçados e índole particularmente cruel. Eram um pouco mais novos do que Yawara, mas já tarimbados no caminho do combate.

Um a um, os brancos que não morreram flechados na abertura do confronto foram tombando com golpes de tacape ou derrubados na luta corporal mesmo. Exceto o frade, que, desarmado, corria de um lado para o outro como uma galinha tentando fugir da escaramuça, terminando cercado pelos índios para que não escapasse do centro do combate. Misteriosamente, não era atacado por ninguém. Talvez João dos Piratiningas tivesse dado ordens para que não o matassem.

Yawara chegou caminhando calmamente e com um assovio firme enviou os cães de guerra voando para o meio da rusga. Eles avançaram nos últimos três ou quatro homens brancos que ainda insistiam em empunhar espadas contra o grupo de índios — que agora os cercava como crianças azucrinando mendigos na feira.

A onda de cães derrubou os quatro de imediato. Com outro assobio de Yawara, eles largaram as vítimas antes que as estragassem para o banquete que estava por vir e voltaram correndo para perto dele.

Yawara então caminhou direta e calmamente até Simião, como se estivesse ainda ponderando o que iria dizer para o Anhangá nesse momento crucial.

Parou na frente do frade em silêncio. Simião se mijou de medo, para grande alegria da audiência.

Yawara desviou os olhos do falso frade um instante para afagar a cabeça de um dos cães que a esfregava em sua perna buscando afeição.

Levantou o rosto novamente e ficou em silêncio olhando o Anhangá nos olhos, procurando reconhecer ali a onça-preta, enxergar alguma pista do seu próprio destino, apreciando o momento como se fosse uma fruta suculenta prestes a ser mordida.

Olhava, mas não encontrava nada além do habitual terror que normalmente despertava em qualquer um, acompanhado do cheiro ácido de urina. Aquele ali não era o Anhangá. Aquele ali não era nada. Não era nem ao menos um animal digno de caça, pois nada se aproveitaria de um bicho daqueles.

A ação havia cessado. Todos os brancos sobreviventes, uns dez ao todo, já tinham sido devidamente surrados e amarrados, espalhados pelo chão como sacos de carga antes do embarque no navio. Os que estavam machucados demais para a viagem de volta foram executados. O grupo então fixou-se na troca silenciosa entre o demônio-cão e o diabo branco.

Yawara seguia olhando dentro dos olhos de Simião, que ao olhar dentro dos olhos de Yawara reviu ali desenhados em centenas de espelhos os rostos de cada curumim consumido: meninos, meninas, mulheres e até alguns rapazes crescidos, que encontraram o fim em suas mãos. Sentiu um calafrio, as pernas bambearam, o ar faltou.

Quando percebeu, já estava no ar, voando para trás. Yawara dera-lhe um pesado murro, bem no meio da boca, com tamanha velocidade e força que seus olhos não tiveram nem tempo de se fechar em antecipação ao impacto.

Chegou ao chão desacordado.

33

Yawara assistiu à marcha dos guerreiros sumir na trilha em fila indiana levando amarrados dez prisioneiros brancos que seriam devidamente devorados nas festividades dos próximos dias na aldeia de Piratininga. Desculpe trazer esse assunto desagradável à tona, Bacharel, mas assim segue o causo.

Yawara não acompanhou a tropa, restou sozinho para trás, acompanhado apenas do Frade Simião. Uma lenda plantada ao pé da serra. Despachou os cães com a tropa e teve de ser firme no comando, pois os monstros hesitavam em estar longe do mestre.

A subida de Paranapiacaba era sempre difícil, longa e cansativa. Além disso, os guerreiros estavam contrariados com a decisão de Yawara de ficar para trás com o Frade Simião.

Todos sabiam que João dos Piratiningas valorizava muito aquele homem branco. Eram parceiros na venda de escravos inimigos para os mercadores brancos da costa. Ninguém queria ter que levar até ele a notícia de que Yawara resolvera tomar providências outras que não a de levar Simião de volta — para que os principais da aldeia decidissem seu destino. O indivíduo não tem vez nessa sociedade silvícola, Bacharel. A vontade do índio é sempre a manifestação da vontade dos chefes.

A decisão de Yawara punha em risco todos eles. E se os principais ficassem irados e resolvessem banir Yawara da aldeia? Ou pior, se decidissem que deveriam matar Yawara pela desfeita? Quem iria se meter a tentar uma coisa dessas? Se bem que de burros destemidos o Inferno está cheio, não é, Bacharel? Haveria de existir ali entre eles um pequeno grupo de tolos vaidosos o bastante para tentar tal proeza.

Acreditavam, principalmente, que João dos Piratiningas tentaria algum tipo de acomodação para não perder seu representante comercial. O que agora seria impossível.

Para piorar tudo, aquele era um momento delicado. Espiões brancos e contrabandistas afirmavam que o rei de Portugal estava prestes a mandar um emissário para tomar de fato em nome da Coroa o terreno de Pindorama e manifestar a justiça do rei e suas leis.

A Coroa Portuguesa reclamava estas terras para si, mas pouco aparecia por aqui. João dos Piratiningas era o homem certo, ou o índio certo se preferir, no lugar certo e na hora certa para enriquecer para todo o sempre como preposto português junto aos índios. Certamente a perda do principal comparsa não iria alegrá-lo de modo algum.

Por outro lado, ninguém era estúpido nem corajoso o bastante para enfrentar a decisão de Yawara, ainda mais naquela ocasião. O mito estava ainda mais agigantado em suas mentes — pela habilidade demonstrada na batalha, pela proeza de correr diante das balas inimigas sem ser atingido, pela capacidade de aterrorizar sozinho uma fortificação cheia de homens armados, pela maldade e destreza de imaginação apresentadas no plano de ação e na vitória obtida apenas algumas horas antes.

Os cenhos franzidos aparentavam a insatisfação de quem estava prestes a ficar no meio de um desentendimento entre João dos Piratiningas e Yawara. Um péssimo lugar para se estar.

No entanto, obedientes, marcharam adiante e subiram a Serra de Paranapiacaba.

Conforme se afastavam, a cabeça do Frade Simião mergulhava cada vez mais entre os ombros, cheia de desesperança. Isso logo passou.

Mas passou porque o horror veio para tomar o lugar da autopiedade em seu semblante.

De dentro do mato, o Curupira emergiu andando com seu habitual requebrado gaiato que os pés, estranhamente retorcidos para dentro e para trás, o obrigavam a executar. Em outras circunstâncias, aquela criatura poderia ser considerada até simpática e engraçada. Para o Frade Simião, no entanto, a visão de um índio alvo como a neve, com dentes verdes de piranha, cabelos vermelhos e amarelos de fogo e pés retorcidos no sentido inverso foi a própria visão do Inferno.

De algum modo, Bacharel, o homem achava que ainda se encontrava sob o manto e calor da luz de Deus. Não havia ainda se estabelecido em sua mente a verdade inescapável da jornada lúgubre que constituiria o restante da sua existência. Considerava que suas vítimas eram tão pouco importantes aos olhos do Senhor Deus que não se imaginava pior do que qualquer viúvo solitário, que, sem ter mulher para lhe fazer companhia, fode e surra seus porcos para se manter ativo e viril. Não concebia que havia feito nada demais para merecer tal perseguição. Havia esperado, no máximo, que Raíra viesse atrás dele, mas nunca pensou que haveria uma batalha só para capturá-lo.

Frade Simião estava amarrado pelo pescoço, pelos punhos e pelos pés com corda de algodão. Ao ver a criatura sinistra sair do mato abanando as sobrancelhas brancas e avermelhadas, assustou-se tanto que balançou como uma torre de madeira em chamas e caiu espatifado no chão. Deitado pôde ver Yawara e o Curupira já acocorados, olhando para ele e cochichando. Não conseguia entender o que diziam.

Yawara sabia perfeitamente o valor que aquele homem tinha para João dos Piratiningas. E João dos Piratiningas era um homem que Yawara respeitava muito. Foi um dos poucos que se aproximaram dele durante o curso da sua vida infeliz e solitária oferecendo sempre mais do que pedia.

Mas Yawara não poderia deixar o Anhangá fugir, mesmo aquele Anhangá fraco, com cheiro de mijo e fedor de homem branco. Yawara rastreou o Anhangá. E o Anhangá o levou até o seu covil. Algo profundo se revelara naquela caverna. Não havia como negar. Yawara não podia arriscar-se agora a deixar esse homem escapar. A onça-preta não poderia fugir dessa vez. Quantos anos seriam necessários até encontrá-la de novo? Não. Aquela era a hora do acerto.

Ele e o Curupira cochicharam um pouco mais, acocorados daquele jeito estranho que os índios daqui usam para se sentar.

Então, Yawara fez um sinal de incentivo com os olhos na direção do frade e o Curupira se ergueu e imediatamente se aproximou de Simião. Amarrado que estava, o padreco tentava se esgueirar de um jeito esdrúxulo como um saco de batatas querendo fugir da cozinha de uma estalagem.

O Curupira se aproximou de Simião com um enorme sorriso. O sorriso de uma criança. Aquilo deixou Simião confuso. Foi tempo o bastante para o Curupira se abaixar e morder um belo naco da parte superior do braço do falso frade, que começou a urrar de dor.

O Curupira deu um de seus giros de bailarino do inferno para trás e ficou observando o homem gritar enquanto mastigava o pedaço de braço que tinha na boca com o sangue pintando-lhe os lábios.

Yawara então se levantou, pegou um tacape e deu uma paulada com o lado achatado da arma nas pernas do prisioneiro, mandando que ele se erguesse. Como não obteve resposta, deu-lhe outro golpe na base das costas que valeu um longo gemido e a cooperação desejada. Afrouxou a amarração dos pés para que ele pudesse andar e começou a puxá-lo mato adentro pelo longo fio de corda que pendia do pescoço, seguindo a beira do riacho. Caminharam cruzando as margens de lado a lado, entrando e saindo da água, de modo a evitar que algum espião de João dos Piratiningas voltasse e tentasse rastreá-los.

Caminharam assim por uma meia hora. Então chegaram a uma área da floresta onde avistaram o que procuravam. Um enorme formigueiro: uma montanha de terra revirada de meia braça de altura com milhões e milhões de formigas trabalhando. Um pequeno mundo particular onde os assuntos dos índios, dos homens e das nações não importava o mínimo.

Amarraram novamente os pés de Simião e laçaram numa árvore a corda com a qual vinham conduzindo o homem como um jumento. Em seguida, aproximaram-se do formigueiro e continuaram suas deliberações sussurradas.

Chegaram a uma conclusão. Pegaram os dois tacapes que Yawara havia trazido e usando-os como pás puseram-se a trabalhar.

Frade Simião esbravejava ininterruptamente, mas isso não parecia diminuir o ritmo de trabalho ou o empenho da dupla. O terreno estava aerado pelas passagens subterrâneas das formigas que se estendem para muito além do formigueiro, as catacumbas onde vivem sua vida ordeira e laboriosa. O trabalho foi até que fácil se comparado a uma escavação equivalente na terra mais compacta. Estavam cavando um buraco, não muito largo, mas bem fundo.

Terminada a escavação, Yawara pegou o tacape e se aproximou de Simião mandando que se levantasse. Nova recusa. Nova paulada. Depois de três ou quatro bordoadas obteve a cooperação que esperava. O frade levantou-se ainda proferindo todo tipo de injúria e vilipêndio que a imaginação lhe permitia.

O Curupira se juntou a Yawara e os dois puxaram a corda guia do pescoço, com a qual conduziam o prisioneiro até perto do buraco. Yawara então mandou que Simião entrasse ali dentro. Dessa vez, sete golpes foram necessários, além de um empurrão final.

Dentro do buraco apertado, onde mal podia se sacudir, Simião continuava a vociferar. Os dois jovens, no entanto, pareciam muito satisfeitos consigo mesmos: o buraco tinha a profundidade certa. Simião estava em pé dentro dele, ficando somente com o pescoço e a cabeça para fora.

Contentes com a qualidade da obra, passaram a jogar a terra de volta para dentro, aproveitando para lançar o máximo de terra na boca de Simião toda vez que ele a abria para emitir nova salva de xingamentos. Quando faziam isso e acertavam a boca do frade, o Curupira dava sua risada assustadora e desconcertada de criança amaldiçoada.

Para os ajustes finais, Yawara deu dois passos para trás e chutou a cabeça de Simião, que apagou de imediato com o pontapé no queixo. Assim puderam pisotear o preenchimento de terra até deixar apenas o pescoço e a cabeça do Frade Simião para fora do terreno. Ficou parecendo a cabeça de São João Batista na bandeja de Salomé. Não que eles soubessem ou desejassem prestar tal homenagem a tão distinto e louvado santo, Bacharel.

Depois, sentaram-se ali por perto e puseram-se a imitar o som dos bichos para passar o tempo até o homem branco acordar. Por precaução, dado o que pretendiam fazer logo mais mesmo sem ter que combinar entre eles, nenhum dos dois imitou o rugido da onça.

O Curupira interrompeu uma perfeita imitação do pássaro chamado sanhaço quando percebeu que o frade voltava a si, tocando Yawara com o cotovelo para indicar o ocorrido.

Acordando, ainda confuso, como quem acorda de um pesadelo numa noite quente, Simião piscava longa e lentamente enquanto tentava entender o que ocorrera e onde estava. O olhar de pavor que arregalou em sua feiosa fuça era o sinal que os índios esperavam de que ele estava pronto para receber a vingança da floresta, conforme o prometido por Yawara ao Pajé Acauã.

Era necessário para a eficiência da vingança que Simião tivesse a compreensão do que iria lhe acontecer. Eram justamente os minutos finais desse procedimento que estabeleceriam a simetria necessária entre o mal perpetrado por ele e a potência do ajuste desejado pela floresta e exigido pela honra daquele povo.

Como eu já disse muitas vezes, Bacharel, Pindorama nada mais é do que uma série de vinganças acontecendo sem descanso e sem rumo, interrompidas por breves interlúdios; a vida se esgueira entre um banho de sangue e outro.

Yawara abraçou afetuosamente o Curupira. Pense numa coisa estranha e maligna de se ver, Bacharel. Pois era assim aquele abraço. Dois demônios num momento de ternura. As sobrancelhas oscilantes do Curupira agitadíssimas dada a felicidade do momento. Pelo menos para ele.

O Curupira então deitou-se no chão de barriga para baixo e começou a rastejar em direção ao Frade Simião como se fosse um jacaré, em quatro apoios, a cabeça horrenda e a barriga rentes ao chão, olhando diretamente para o rosto de Simião como fazem os animais quando estão a predar.

O falso frade chorava convulsivamente, exatamente como suas vítimas fizeram tantas vezes na caverna apenas para facilitar-lhe o gozo.

Quando chegou próximo o suficiente, o Curupira agarrou a cabeça de Simião e segurou firme com as duas mãos. Frente a frente. Ambos de olhos arregalados, mas por motivos muito diferentes.

Yawara então fez o mesmo que o Curupira. Engatinhando, imitando uma onça, foi se aproximando devagar, olhando fixamente para Simião.

Chegou seu rosto tão perto do rosto do homem branco que podia sentir o azedo do medo escapar-lhe pelo suor. Os olhos de Simião corriam para todos os lados fugindo dos olhos de Yawara como duas galinhas gordas fugindo da raposa. Tentava não vê-los. Mas era impossível.

Aquele-que-morde então finalmente mordeu.

Seus dentes cravavam-se ferozmente no rosto do Anhangá. O menino-cão devorando a onça. O espírito de Ahó Ahó gritando contra o Anhangá a cada nova mordida. Atacou-lhe as bochechas, lábios, nariz e orelhas sem que ele pudesse reagir.

Simião bem que tentava morder de volta. Aquele homem ali também era um predador. Mas não conseguia. O Curupira segurava firme sua cabeça com ambas as mãos. Mãos que por muito pouco também não levaram umas dentadas, tamanha era a fúria do ato.

Esse consumo levou um certo tempo, especialmente o enorme e purulento nariz. Minutos para o Curupira, que assistia à cena rindo. Uma eternidade para Simião. Um segundo para Yawara.

Agora aquele rosto não era mais um rosto humano. Os ossos da mandíbula se apresentavam ao mundo acinzentados sob a massa disforme de escarlate e rosa dos restos pendurados como trapos, rasgados em fitas sobre o rosto, revelando-lhe pelos lados da face os podres dentes que lhe restavam salpicados pela boca.

Os olhos, poupados do ataque, eram puro terror e confusão em meio à máscara óssea e rosácea. Ele ainda se recusava a acreditar no que estava acontecendo. Muita gente já sobreviveu apenas se agarrando a essa força, Bacharel, a gana da recusa.

Yawara interrompeu o ataque. Seu rosto estava completamente coberto de sangue, com alguns pedaços de carne grudados na pele. O Curupira soltou a cabeça mutilada. Ambos se levantaram e, acredite se quiser, Bacharel, envolveram-se em um outro abraço, ainda mais fraternal.

Simião urrava com a dor lancinante. Mas sob a máscara funesta, residia ainda este pensamento: "Estou vivo. Estou vivo".

Yawara poderia facilmente tê-lo matado lhe mordendo o pescoço, mas não o fez. Simião, como todos os homens à beira da morte, depositava toda a esperança na Providência ou no acaso. Ainda estava vivo e isso era melhor do que estar morto.

Estava enganado. Yawara e o Curupira começaram a recolher seus pertences para pegar o caminho de volta, riacho abaixo e depois subindo pela trilha que vence a Serra de Paranapiacaba até o planalto.

Enquanto faziam isso, as primeiras ondas de formigas bravas chegavam ao pescoço do Frade Simião, atraídas pelo sangue e incomodadas com a invasão do seu território. Vermelhas e enormes. Vivas e prontas para empreender seu pequeno caminho nas trincheiras da guerra pela posse e comando do mundo.

A floresta é quem iria devorar o Anhangá. Porque a floresta é tudo o que há. E ninguém pode escapar da fome desse lugar.

Conforme iniciavam sua caminhada, ouviam ao longe o frade uivando. Yawara avisou ao Curupira que precisariam encontrar a árvore que dá o fruto chamado jenipapo verde, que eles usam para comer, fazer suco e até para curar doenças.

Yawara iria usar aquela fruta para pintar um álibi que o preservasse da vingança de João dos Piratiningas.

34

Dizer que João dos Piratiningas estava furioso, Bacharel, seria minimizar o episódio. As notícias da iminente chegada do emissário português Martim Afonso de Sousa, que viria para governar estas terras em nome do rei de Portugal, agitavam todos que operavam o mercado de escravos, contrabando e escambos na costa. Os espanhóis e franceses lhe dariam combate, os portugueses lhe dariam acolhida. João dos Piratiningas pretendia lhe dar o controle sobre a terra e tornar-se seu general-mor nos campos infinitamente ricos deste desertão.

No tempo que passou em Pindorama, João obteve muito mais poder do que poderia sonhar: tinha inúmeras mulheres, uma reputação estabelecida como líder e guerreiro — capaz de arregimentar até vinte mil índios para a guerra em questão de poucas semanas.

Havia costurado alianças de casamento e parentesco com as diversas tribos do povo tupiniquim que lhe garantiam a posição de principal para o resto da vida. Mesmo que, como podemos observar, isso não signifique muito por aqui, não é, Bacharel? Havia estabelecido uma rede de negócios com os contrabandistas da costa. Fazia inclusive reiteradas tentativas de realizar trocas com povos inimigos, uma vez que na sua mente, apesar de oculta e mascarada pelo corpo travestido em índio, a cobiça ainda se sobrepunha à vingança como fonte principal de energia vital.

O mau humor do homem era tamanho que todos na aldeia evitavam até passar perto dele naqueles dias, por medo de tombarem assassinados por questões menores. Sua indisposição era visível. Não que ele se importasse com a vida do Frade Simião. Para João, o frade era apenas mais um instrumento do exercício do poder. Mas como todos os homens afeitos ao poder, qualquer coisa que atrapalhasse sua busca se tornava imediatamente um alvo marcado para a eliminação. E Yawara havia se tornado um deles.

Yawara e o Curupira chegaram nas proximidades da aldeia de Piratininga à noite. Mas, em vez de se despedir do Curupira e voltar para a aldeia como de costume, Yawara aguardou a chegada da alta madrugada e se esgueirou até sua cabana afastada para buscar o que procurava. Pulou a paliçada de madeira que protegia o entorno da aldeia e se apressou em acalmar os cachorros para que não alertassem os outros da sua presença. Recuperou o importante artefato que tinha ido buscar e do mesmo jeito furtivo com que entrou, saiu. Pulou a cerca de madeira, evitando os obstáculos e espinhos que ali estavam para deter ataques e se embrenhou na floresta novamente.

Durante o dia seguinte, ele e o Curupira trabalharam, preparando o caldo do jenipapo verde, coado numa peneira, que misturaram com carvão de madeira para obter a tinta escura que precisavam para realizar o plano de Yawara.

O Curupira não entendia quase nada do que estava acontecendo, mas, como as crianças pequenas, dava-se por satisfeito apenas em participar de qualquer atividade desde que acompanhado de Yawara, mostrando-se sempre prestativo e interessado.

Aplicaram a tinta no artefato como planejado e puseram-no para secar, o que levou apenas um dia graças ao sol quente que castigava a região durante o fim da primavera e o início do verão. O resultado ficou como Yawara planejara. Deveria servir perfeitamente para explicar o que havia acontecido após a guerra em Piaçaguera de Baixo.

Os principais da aldeia estavam reunidos na clareira central, onde acontecem os rituais, danças e execuções, deliberando a pedido de João dos Piratiningas sobre o destino de Yawara. Alguns dos guerreiros que estiveram com ele na batalha recontavam os próprios feitos e os de Yawara para que os principais ouvissem os diversos relatos e tirassem suas conclusões.

Havia consenso de que Yawara tinha sido o responsável pelo êxito da campanha. Mas havia mais consenso ainda em tentar tirar o corpo fora da verdadeira questão, oculta por aquele teatro: todos os narradores insistiam em descrever como tentaram convencer Yawara a trazer o frade de volta. Tentavam não ficar no caminho da vingança que acreditavam que João dos Piratiningas iria impor a Yawara pela desobediência.

Boa parte das discussões também girava em torno de quem teria o direito de matar tal ou qual prisioneiro para assumir seu nome e sua coragem. Isso era de extrema importância para eles, uma vez que boa parte da vida de um índio é dedicada a essa finalidade. Havia dez homens que iriam para o fogo, mas pelo menos dezoito guerreiros disputando a honraria de matá-los. Cada um narrava a sua versão incluindo detalhes de como ele próprio era responsável por subjugar o inimigo e não o outro disputante.

Já haviam passado algumas horas de debates, acertos, trocas e ajustes, que aos poucos foram resolvendo a situação dos prisioneiros: a quem caberia matar cada um e por que motivo. Mas antes que o último caso fosse decidido para que afinal deliberassem o que seria feito de Yawara, o próprio atravessou triunfalmente a entrada principal da cerca que contornava a aldeia.

Conforme caminhava, imponente como Spartacus, o escravo e gladiador que apavorou Roma, o silêncio ia tomando conta dos índios à sua volta até que todos os sons cessaram por completo — só se ouvia o raspar dos pés de Yawara rumo ao centro da aldeia, onde os homens se encontravam reunidos.

Bacharel, Bacharel... Sua presença era tão contundente que paralisou todos ali. Restou o som distante dos pássaros a burilar os ouvidos, pois os olhos não conseguiam olhar para qualquer outra coisa que não fosse aquele guerreiro, porque aquilo que se via ali era um guerreiro como poucos se viram no mundo.

Yawara, como já expliquei, parecia ter muitas cores de pele diferentes conforme o dia, a situação e a condição mental de quem olhava. Mas nesse momento em particular, todos que contam e recontam essa história concordam: ele estava dourado. Enorme e dourado. Marcado no amplo peitoral pela patada de onça. Belo de uma maneira tão assombrosa que mais da metade das índias da aldeia sentiu grudar na intimidade o visco úmido do desejo naquele exato instante. Apertavam as pernas uma contra a outra. Ruborizavam. Vergonha e desejo lutando.

Os ombros jogados para trás e o andar macio que as grossas pernas lhe proporcionavam faziam com que parecesse deslizar sobre o chão. Os olhos amarelos combinavam com a pele agora áurea. Carregava o arco e suas flechas, dois tacapes atravessados nas costas, rede de dormir e a inseparável zagaia. Ainda estava pintado para a guerra. Como se não bastasse tudo isso, sobre a cabeça portava algo mais assombroso do que ele mesmo.

Coroando seu crânio havia outro crânio. O crânio de um animal que muitos acreditavam não existir. A cabeça de uma gigantesca onça-preta.

A cabeça da onça e a mandíbula superior estavam inteiras, com o topo do crânio ainda preso ao couro, e repousavam sobre a cabeça do demônio-cão. O resto da pele do felino, negra como a noite, mas ainda com as pintas visíveis, descia-lhe sobre as costas inteiras de modo a formar um manto, com as patas da frente sobre os ombros e o peitoral.

Um cardeal da noite.

Um espírito de tempos esquecidos.

Um deus pagão se originando.

A paixão pela guerra emergia das profundezas dessa Terra do Pau-Brasil para se manifestar. Exigindo de todos o reconhecimento da verdade inexorável que anunciava.

Yawara ignorou os principais e caminhou diretamente na direção do Pajé Acauã, que estava tão embasbacado quanto qualquer outro ali. O guerreiro retirou a pele da onça-preta e colocou-a estendida no chão, feito um tapete mouro, aos pés do líder espiritual da aldeia. Era um bicho enorme. Um macho dos maiores que já haviam sido vistos, vivo ou morto.

Yawara então gritou para que todos ouvissem.

"Aqui está o Anhangá! Olhem para ele, povo de Piratininga! O espírito antigo que assombra a noite dos homens. O mal que traz os pesadelos. O monstro que rouba e consome as crianças. Eu sabia que era ele. Aqui está a prova. Eu o segui até a gruta onde o Frade Simião matava os curumins. Eu sabia que o Anhangá havia tomado o corpo daquele homem. Eu avisei. Quando finalmente se viu sem escapatória, após a batalha de Piaçaguera, o Anhangá resolveu se revelar. Acreditou que poderia me enfrentar. Mas eu não era apenas um homem. Eu era a vontade da floresta. Eu era a força dos tupiniquins. Ele se transformou na onça-preta bem diante dos meus olhos. Uma magia assustadora, eu lhes digo e confirmo. Transformou-se em onça-preta e me atacou com um salto. Mas a zagaia e a vontade da floresta atravessaram seu couro, seu coração e seu espírito. Aqui está a prova! Foi o aviso do Pajé Acauã, visitado pelos sonhos da floresta, pedindo que a vingança fosse executada em nome de nossos ancestrais, que me protegeu. Foi graças à sua orientação que minha lança atravessou o coração do espírito maligno. Por isso, Pajé Acauã, eu lhe ofereço aqui, em frente aos bravos guerreiros de Piratininga, a pele do Anhangá. Para honrá-lo e para honrar todos os tupiniquins. A floresta foi vingada. Os curumins foram vingados. Os nossos ancestrais foram honrados."

O Pajé Acauã, sábio nos caminhos e desvios de homens e espíritos e bom entendedor da mentalidade coletiva, levantou-se e aproveitou a deixa.

"Aqui está o sinal de que teremos grandes vitórias pela frente e de que nossos inimigos serão nossa comida. O Anhangá agora teme os tupiniquins de Piratininga. E todos os nossos inimigos também irão temer."

Os guerreiros gritaram seus brados de guerra. As crianças sorriram. Os principais ficaram empolgados com o recado dos espíritos e o bom presságio de que iriam comer muitos de seus inimigos. As jovens índias se derreteram ainda mais de desejo por Yawara. A comoção era evidente.

O Pajé Acauã não entendeu exatamente como Yawara conseguiu caçar aquela onça-preta nem acreditou de modo algum que o Anhangá pudesse ser abatido daquela maneira. Mas sabia com certeza que seu principal rival, o homem que queria trazer o Deus dos brancos para Piratininga, havia sido eliminado. E isso seria muito vantajoso. Sabia que Raíra e Iara haviam sido vingadas, e isso apaziguava seu coração. Compreendia que a pele de onça-preta em sua oca e a homenagem que Yawara acabara de lhe prestar iriam lhe conferir mais influência, e isso também o agradava.

Então, o pajé abraçou Yawara e começou a chorar copiosamente. Não foi o único, Bacharel, não foi o único.

Apenas um homem, o único homem branco, que justamente por carregar tal cor também carregava a imaginação da maldade de todos os seus antepassados cometida desde os primórdios, desconfiou da encenação.

Mas era tarde. Os índios são tolos e ingênuos, Bacharel. Por isso, ele agora os liderava. Parte do seu poder estava em conduzi-los com intrigas e ardis. Mas ele sabia que liderar era uma coisa e mudar as crenças mais profundas daquela gente era outra bem mais complexa.

Os principais aproveitaram o momento de emoção para ordenar o início da cauinagem, o preparo da bebida que iria acompanhar o banquete nos próximos dias.

Em nome da manutenção da paz com os portugueses, aliados dos tupiniquins contra seus inimigos indígenas, João dos Piratiningas arranjou a troca de sete dos homens brancos pelo dobro de índios do grupo que mantinha aprisionado para ser vendido no Porto dos

Escravos. Em vez de se tornarem escravos, os índios agora seriam devorados no lugar dos outros. O tamanho do banquete alegrou a todos. João conseguiu sair ainda mais popular e salvar a maioria de seus valiosos conterrâneos brancos.

Enquanto Yawara se dirigia para sua cabana se reencontrar com os estimados cachorros e descansar da jornada, o olhar metálico de João dos Piratiningas mirava suas costas largas com ideias de vê-lo retornar para a boca do cachorro de onde escorreu. No caminho, Yawara resolveu parar na cabana de Raíra para contar sobre a vingança realizada e ver como estava se recuperando.

35

Louvado seja Deus Todo-Poderoso, Bacharel. Olhe bem ali. São os primeiros salves da manhã que está chegando. O infortúnio que se apresenta rompendo as frestas na palha de palmeira trançada das paredes desta oca, recortando a fibra com o magma escarlate recém-nascido sem pedir licença ao olhar. São os dedos de Guaraci, o falso deus Sol desse povo, chegando para cobrar o seu quinhão. Que Deus tenha piedade de você, meu corajoso irmão. Quando a luz acender esse tacape ornamentado aqui pendurado sobre nossas cabeças, a sua hora será chegada e eles vão levá-lo ao centro da aldeia onde acontecerá o que houver de acontecer.

Lute como puder, Bacharel. Não caminhe triste para os braços da Iniludível. Resista, Bacharel, resista. Cuspa. Grite. Lute, Bacharel, lute. Enfrente esses índios até o fim com a força que restou. Eles irão respeitar e homenagear sua coragem como se fosse a própria coragem. Irão enxergar a chama de todos os profetas que encaminharam nossos antepassados pela beira do abismo para que você pudesse enfim chegar até aqui e honrá-los com sua fé, sua força e sua bravura.

Melhor sorte a sua, Bacharel, do que a minha: sigo cativo e dependente dos humores incertos do gentio da terra, acordando em dias feitos de eternas reticências, sem saber se um ponto-final mal colocado chegará sem aviso; menosprezado como covarde que não serve para alimento da carne nem da honra. Salvo por mentiras e ilusões, truques e salamaleques. Mas até quando? Até quando conseguirei inventar uma história onde sobrevivo? Com você será diferente, Bacharel. Sua hora acertada com a iniludível chegou. A hora que chega para todo guerreiro.

Tenho por certo e absoluto que sua honra se fortalecerá no derradeiro combate. O Senhor certamente o receberá com todas as honrarias e festejos que o Reino dos Céus guarda para presentear aos justos. Deixe que essa derradeira oração pela sua dignidade se expresse claramente em suas últimas escolhas, que limpe o curso dos pecados e erros que cometeu navegando até aqui e que mande a palavra ressoando alta de volta para a abóbada celeste de onde ela se originou. A única palavra que existia antes de todas as outras já inventadas.

Vida.

Enfrente-os com toda a vida que ainda tem dentro de si, Bacharel. De cabeça erguida e confiante na palavra do Senhor. Enfrente-os para reconhecer e honrar todos os que vieram antes de nós.

Eu poderia continuar aqui a contar o restante das aventuras de Yawara para fazer o tempo andar mais devagar nos últimos instantes que restam. Tecendo o causo com miçangas de minúcias e recônditos, desses que distraem e maravilham ouvidos ociosos, ocupando o espaço que o Diabo quer ocupar. Mas já ouço seus pés cascudos raspando na areia do terreiro e vejo suas sombras crescendo pelas frestas em nossa direção. Que Deus nos proteja. Eles se aproximam.

Eu poderia seguir a esmiuçar os eventos que tornaram João dos Piratiningas e o Cacique Tibiriçá muito próximos de Martim Afonso de Souza, o emissário do rei de Portugal vindo para iniciar a conquista deste Novo Mundo. Ou de como Yawara se transformou na máquina de guerra mais completa de Piratininga, apresando, matando e devorando inimigos como nunca antes se viu. Como carrega Raíra no fundo dos olhos desde que descobriu que ela não estaria mais ao seu lado no combate. Os feitos mais improváveis e as maldades mais perversas ocorridas em Pindorama. As lutas mais ásperas nos dias mais trevosos.

Poderia também narrar a você, Bacharel, os detalhes cruéis de como se deu o desentendimento final com João dos Piratiningas que levou Yawara a deixar a aldeia de Piratininga e como ele, junto com o Pajé Acauã e outros índios, resolveu ganhar chão e se embrenhar na floresta formando uma nova tribo, mais obscura, mais mergulhada na profundeza esmeralda, mais próxima do interior e do passado, longe dos novos padres que vão surgindo a cada dia, padres de verdade, homens de fé inquebrantável, dispostos a tudo para tentar salvar essas almas vadias. Devemos silenciar em breve, Bacharel, pois o som dessa conversa pode açular os apetites dos canibais e apressá-los nos seus fins.

Eu poderia talvez até mapear a maneira como se formou essa nova tribo que corre, vive, caça e anda na direção oposta à da salvação, retornando pelo caminho original da trilha aberta por Rupave e Sypave, o pai e a mãe de todos esses povos. A história de um novo povo abrindo picada no mundo rumo ao passado. Os índios que por fim vieram a capturá-lo.

É dessa tribo que você fará parte, Bacharel. É esse o índio, hoje um cacique, nascido menino-demônio e criado sem a compaixão de um mísero abraço, amigo de aparições e caçador de espíritos, uma verdadeira lenda, que carregará seu nome junto com o dele por todo este rincão enquanto viver. A fama dele será a sua fama. E a sua fama, a dele.

A partir de hoje, estaremos atados a essa história, enquanto ela persistir assombrando as noites de Pindorama. Uma história que sem dúvida há de perseverar por gerações, tamanha a reunião de forças que se mostrou necessária para rabiscá-la firme na crônica dos homens.

É dessa narrativa, tão selvagem e violenta, se descortinando na face do mundo, dessa procissão de sombras e sangue que vai aos poucos desenhando as fronteiras da Terra do Pau-Brasil que você e eu faremos parte eternamente.

Dizem que a onça-preta nunca mais apareceu. Mas que nem por isso Yawara parou de tentar caçá-la. De tanto em tanto, pega a zagaia, o arco e as flechas, a rede, a farinha de mandioca e de peixe, e entra pelo breu na companhia dos cães diabólicos.

Aquele-que-morde e aqueles-que-mordem correndo juntos pelas trilhas em busca da resposta para a pergunta que lhes deu as presas. Volta depois de algumas semanas, às vezes com o corpo inteiramente coberto de sangue. Nunca diz onde foi. O que fez. Que feras ou espíritos malignos enfrentou. Não traz troféus ou espólios. Só traz de volta o sangue no corpo e o silêncio nos olhos que ainda assombram as noites dos inimigos e sob cuja guarda repousam os que ousaram seguir a trilha que ele abriu. Um monstro nascido e criado na solidão profunda que se anuncia neste lugar, à qual ele retorna para se alimentar e ampliar seu reinado sinistro. Oh, céus. Os canibais estão cada vez mais perto. Ouço as palavras trocadas em sua língua tão bruta circulando a cabana como tubarões esfomeados.

A verdade, Bacharel, é que essa solidão que persegue Yawara desde seu nascimento não é muito diferente da que persegue todo ser humano que jamais viveu. O senhor nos deu a dádiva de sermos os únicos leitores de sua obra. Mas ao mesmo tempo nos condenou à eterna solidão e ao peso insustentável de ter que interpretar o sentido misterioso de suas palavras.

Foi o entendimento da minha própria solidão intransponível encarando a solidão inexplorada do Atlântico que me impeliu até o convés de um barco pela primeira vez: para longe de Montepulciano, da saudosa Europa e de tudo que eu conhecia até então.

Foi essa verdade irreparável que colocou espada e arcabuz em minhas mãos e vento em meus cabelos. A bússola que me transportou ao redor do Mediterrâneo muitas vezes, que me empurrou pela costa norte da África e me trouxe até aqui para que eu pudesse, enfim, atravessar esta noite ao seu lado. Para que nossas duas solidões pudessem se encontrar aqui nesta derradeira arena. Para encarnarmos a compaixão e a fraternidade entre irmãos em Cristo.

Pois que cada curva traiçoeira do caminho e cada esbarrão nos cotovelos pontiagudos da morte me ensinaram que não podemos depender de ninguém neste mundo. Que é na solidão de cada um de nós que prospera a dádiva maior que o Senhor Todo-Poderoso nos deu: suportar a majestade e o terror da Criação acreditando nas nossas próprias escolhas. Temos o poder de escolher ao lado de quem vamos caminhar entre as labaredas do caos e, mesmo que nossas mãos nunca possam se tocar, podemos escolher as testemunhas que assistirão a nossa jornada, como nesta noite tive o privilégio de assistir a sua.

Graças ao meu pai, sabemos a tarefa-mor de cada um de nós: tentar subir as escadas que levam aos tronos, onde reinam a justiça, a paz e o amor através da sabedoria e da compaixão. De outros homens podemos apenas admirar os esforços como ecos longínquos no salão da nossa própria solidão.

Não sei se fala minha língua, Bacharel. Se me entende, se foi capaz de compreender algo deste tanto que lhe falei. Rezo para que sim. Ou talvez tenha sido melhor que não. As palavras curam e ferem na mesma medida, iludem e revelam, distraem e perfuram. Palavras são memória e poder — criaturas ariscas que se rebelam contra aqueles que ambicionam aprisioná-las numa certa ordem, na vã tentativa de trancafiar a explosão da vida dentro de suas tolas orações.

Mas espero sinceramente, Bacharel, que Nosso Senhor e a força da sua Criação tenham se expressado através de mim. Seja pela mera presença do som da minha voz no silêncio pétreo desta noite, ou no ritmo simples, cantado nas estrofes deste causo; que eu tenha, por um segundo que seja, acalentado sua alma com o sopro ameno do meu fôlego e apresentado a você, nestas horas definitivas, um porto de águas calmas onde pernoitar em meio à tormenta.

Isso é tudo que eu tinha para oferecer, Bacharel. Aí vêm eles. Aí vêm eles.

SOBRE O AUTOR

Rodrigo Leão nasceu em 1969 em São Paulo, cidade fundada sobre a antiga aldeia de Piratininga. Cresceu e se educou no Rio de Janeiro e em Nova York. Trabalhou como jornalista, músico e publicitário. É mais conhecido como compositor de inúmeros hits do grupo mineiro Skank como "Saidera", "Um mais um", "Fotos na estante", "Formato mínimo", entre outras músicas. Suas canções ocupam mais de cinco horas de audição nas plataformas digitais. Recebeu em 2010 o Prêmio Estímulo do Governo do Estado de São Paulo pelo roteiro do curta-metragem *O cavalo*. Tem um enorme fraco por livros de história, particularmente história do século XVI, e por isso não se espanta com o Brasil do século XXI. Este é seu primeiro romance.

Capa Julia Contreiras e Sílvia Nastari a partir de ilustração de Rodrigo Leão
Projeto gráfico Julia Contreiras
Edição Bruno Zeni
Preparação de texto Cláudia Ribeito Mesquita
Revisão Carmen T. S. Costa

Dados Internacionais de Catalogação na Publicação (CIP)
(Laura Emilia da Silva Siqueira CRB 8-8127)

Leão, Rodrigo.
Yawara / Rodrigo Leão; capa e projeto gráfico, Julia Contreiras.
1ª ed. — São Paulo: Editora Quelônio: 2021.
200 p.; 16 x 23 cm.

ISBN 978-65-87790-22-0

Ficção: Literatura brasileira 2. Literatura brasileira: romance
I. Leão, Rodrigo II. Contreiras, Julia.

13-202111 CDD 869.93

Índices para catálogo sistemático:
Ficção: Literatura brasileira
Literatura brasileira : romance
869.93

Editora Quelônio

Rua Venâncio Aires, 1072
Vila Pompeia
05024-030
São Paulo - SP
www.quelonio.com.br

9 786587 790220

Fontes Akzidenz-Grotesk e Palatino
Impressão da capa Sutto Serigrafia
Impressão do miolo Bartira Gráfica
Tiragem 700 exemplares
São Paulo, outubro de 2021